SV

Band 654 der Bibliothek Suhrkamp

Valery Larbaud
Fermina Márquez

Roman

Übertragung und Nachwort
von Nino Erné

Suhrkamp Verlag

Titel der Originalausgabe: *Fermina Márquez*

Vierte Auflage 1988
Suhrkamp Verlag
Frankfurt am Main
Lizenzausgabe mit freundlicher Genehmigung des Limes Verlags

Druck: Nomos Verlagsgesellschaft, Baden-Baden
Printed in Germany

Illam, quidquid agit, quoquo vestigia movit,
Componit furtim subsequiturque Decor.

Tibull, IV, 2

1

Über den Sand des Hofes, an unseren Füßen vorbei, glitt plötzlich ein Sonnenreflex von der Glastür des Vorraums. Santos hob den Kopf und sagte:
»Junge Mädchen.«
Da richteten wir alle unseren Blick auf die Freitreppe, und wirklich standen da neben dem Studienpräfekten zwei blaugekleidete Mädchen und eine gewichtige Dame in Schwarz. Alle vier kamen jetzt die wenigen Stufen herab und schritten auf der Allee am Hof entlang und dem Hintergrund des Parkes zu, wo man von der Terrasse aus das Seinetal sah und in der Ferne Paris. So zeigte der Studienpräfekt den Eltern neuer Schüler ein für allemal die Schönheiten seines Internats.
Als die jungen Mädchen an dem großen Oval des Hofes vorübergingen, in dem die Schüler sämtlicher Klassen versammelt waren, betrachtete jeder von uns sie mit gelassener Ausführlichkeit.
Wir waren eine Bande von tollen Burschen, von jungen Roués (zwischen sechzehn und neunzehn Jahren), die ihre Ehre darein legten, an Disziplinlosigkeit und Unverschämtheit das Äußerste zu leisten. Man hatte uns nicht auf französische Art erzogen, und wir, die Franzosen, bildeten ohnehin nur eine schwache Minderheit im Internat; das ging so weit, daß Spanisch die Umgangssprache zwischen den Schülern geworden war. Zum guten Ton des Instituts gehörte vor allem ein blanker Hohn für jegliche Empfindsamkeit und die Thronerhebung rauhester Männertugenden. Kurz-

um, es war ein Ort, an dem man täglich hundertmal die mit heroischem Akzent geäußerten Worte hören konnte: »Wir Amerikaner.«
Die so sprachen (Santos und die anderen), bildeten eine Elite, die allen *exotischen* Schülern, den Orientalen, Persern, Siamesen, verschlossen war, zu der wir Franzosen jedoch Zugang hatten; zunächst einmal, weil wir hier zu Hause waren, in unserem eigenen Land, und dann auch, weil wir als Nation historisch gesehen *beinahe* an die blaublütige Rasse, an den wahren Adel heranreichten. Dieses Gefühl scheint heute bei uns verlorengegangen zu sein; man möchte meinen, wir wären Bastarde, die es vermeiden, von ihren Vätern zu sprechen. Doch jene Söhne der Reeder von Montevideo, der Guano-Großhändler aus Callao oder der Hutfabrikanten aus Ekuador fühlten sich von Kopf bis Fuß und in jedem Augenblick ihres Daseins als die Enkel der Konquistadoren. Ihre Ehrfurcht vor dem spanischen Blut – selbst wenn sich dieses Blut, wie bei den meisten von ihnen, ein wenig mit indianischem vermischt hatte – war so groß, daß jeder andere Adelsstolz oder Kasten-Fanatismus armselig erschien, mit diesem Gefühl verglichen, dieser Gewißheit, Landleute aus Kastilien und Asturien als Vorfahren zu haben. Es war im Grunde doch schön, unter Menschen zu leben, die eine solche Selbstachtung hatten (und dabei waren es nur große Kinder). Ich bin gewiß, daß die wenigen ehemaligen Schüler, die noch in Frankreich leben, heute dankbar an unser altes Internat denken, das kosmopolitischer war als eine Weltausstellung: das berühmte, nunmehr veröde-

te, seit Jahrzehnten geschlossene Collège Saint-Augustin.
Umgeben von Erinnerungen an eines der glorreichsten Völker der Erde sind wir aufgewachsen, die Welt Kastiliens war unsere zweite Heimat, und jahrelang haben wir die Neue Welt und Spanien als Heilige Länder angesehen, wo Gott durch die Hände einer heroischen Rasse Wunder vollbracht hat. Ja, uns beherrschte der Geist großer Unternehmungen und Heldentaten; wir bemühten uns, den bewunderten Ältesten aus unserer Mitte zu gleichen: Santos etwa, oder seinem jüngeren Bruder Pablo; naiv ahmten wir ihre Manieren nach, sogar den Klang ihrer Stimmen, und empfanden dabei höchstes Vergnügen. Das ist übrigens auch der Grund, warum wir alle in jenem Augenblick an der Myrtenhecke standen, die den Hof von der großen Parkallee trennte, und unsere Schüchternheit überwindend mit erzwungener Frechheit die fremden Geschöpfe musterten.
Die jungen Mädchen ihrerseits hielten kühn allen Blicken stand. Zumal die Ältere: Langsam ging sie an uns vorbei, sah uns alle an, ohne auch nur ein einziges Mal mit den Wimpern zu zucken. Als sie vorüber waren, sagte Pablo mit sehr lauter Stimme: »Hübsche Mädchen«; das war es, was wir alle empfanden.
Dann gab jeder mit wenigen Worten sein Urteil ab. Die allgemeine Ansicht ging dahin, daß die jüngere der beiden Schwestern, die auf dem Rücken einen dicken schwarzen Zopf mit einer breiten blauen Schleife trug, mit einem Wort, die »Kleine« ohne Bedeutung war, auf jeden Fall zu jung (zwölf, dreizehn Jahre viel-

leicht), um unserer Aufmerksamkeit würdig zu sein: denn was waren wir doch für Männer!
Die Ältere dagegen! Wir fanden keine Worte, um ihre Schönheit zu schildern; oder wir fanden nur banale Redensarten, die nicht das geringste besagten, Gedichtzeilen wie: Samtaugen, blühender Zweig und so weiter. Ihre sechzehnjährige Taille wirkte ebenso fest wie geschmeidig, und die Hüften darunter – ließen sie sich nicht einem Triumphbogen vergleichen? Und dieser sichere rhythmische Gang war ein Zeichen dafür, daß dieses strahlende Wesen wohl wußte, wie sehr es die Erde schmückte, die sein Fuß betrat . . . Wahrhaftig, ihr Anblick rief sämtliche Glückseligkeiten des Lebens in einem wach.
»Ihre Schuhe, ihr Kleid und die Frisur sind nach der neuesten Mode«, sagte abschließend Demoisel, ein großer Neger von achtzehn Jahren, ein grober Klotz, der die Angewohnheit hatte, ohne weitere Erklärungen fest zu behaupten, seine Mutter sei eine »Pahiserin von Pahis« und gebe in Port-au-Prince den guten Ton an.

2

Jetzt bedurften wir genauer Einzelheiten; keineswegs waren wir gewillt, uns als brave Schüler fernzuhalten und die Augen niederzuschlagen. Zunächst einmal mußte man wissen, wer *sie* war.

Ortega war der einzige unter uns, der aus der spanischen Hauptstadt stammte, und aus diesem Grund begegneten wir ihm mit besonderer Achtung. Auch hierin gab Santos uns das Beispiel. Es war ihm daran gelegen, dem jungen Kastilier zu zeigen, er, Santos Iturria aus Monterrey, habe nichts, aber auch nicht das geringste von einem gewöhnlichen und plumpen amerikanischen Emporkömmling, von einem *cachupin.* Er, der durch seine Kraft und sein Wort unsere kleine Welt regierte, ließ bei mancherlei Gelegenheiten diesem schwachen, indolenten, schweigsamen Ortega freiwillig den Vortritt. Daher bat er auch diesmal zuerst ihn um seine Meinung. Ortega war ein Beobachter; er wußte von den kleinen alltäglichen Ereignissen im Internatsleben, vom Kommen und Gehen der Lehrer und Schüler. Seine Antwort war, er halte die beiden jungen Mädchen für die Schwestern des kleinen Márquez; eines Neuen, der erst vor wenigen Tagen in die Quinta eingetreten war. Und er hatte richtig vermutet.

Demoisel entriß, indem er ihm längere Zeit das Handgelenk verdrehte, dem kleinen Márquez zunächst den Vornamen seiner jüngeren Schwester, Pilar; dann, mit etwas stärkerem Druck, auch den der älteren: Fermina. Wir standen um die Folterszene herum und sahen zu, wie der Neger dem Kind ins Gesicht schnaubte, wie das Kind ihn gerade und wortlos anblickte, während Tränen über seine Wangen rollten. Solch eine Tapferkeit verträgt sich schlecht mit der Lüge; Márquez täuschte uns nicht. Somit hatten wir jetzt ein Wort, einen Namen, den man leise vor sich hinsagen konnte, den Namen aller Namen, der sie bezeichnete: Fermina, Ferminita ... Buchstaben in einer bestimmten Anordnung, eine Silbengruppe, etwas Ungreifbares, Körperloses, das dennoch in sich ein Abbild und Erinnerungen trägt, irgend etwas von *ihr.* Man braucht dieses Wort nur laut auszusprechen, und wenn sie in der Nähe ist, hast du es erreicht, daß dieses schöne junge Mädchen sich nach dir umdreht. Ja, da war ein Vorname, er ließ sich ins Heft schreiben, an den Rand einer Kladde mit der Übersetzung ins Griechische, und nach Jahren würde man ihn wiederfinden und dabei ernsthaft, mit tiefer Rührung alberne Liebesworte vor sich hinmurmeln ...

Santos sagte zu Demoisel: »Hör mit der Quälerei auf, laß ihn in Frieden! Laß ihn los, sag ich dir!« Widerwillig gehorchte der Neger. Daraufhin begann der kleine Márquez freiwillig zu erzählen. Wir erfuhren, daß die üppige Dame, die Pilar und Fermina begleitete, nicht ihre Mutter war – ihre Mutter war tot –, sondern ihre Tante, eine Schwester des Herrn Márquez. Vater Márquez war einer der großen Bankiers aus Kolumbien. Da er seine Kinder nicht nach Europa begleiten konnte, hatte er sie dieser Schwester anvertraut; sie wurde in der Familie nur Mama Dolores genannt. Es war eine etwa vierzigjährige Kreolin, die früher schön gewesen sein mußte und jetzt noch in ihrem Gesicht mit den verschwommenen Zügen große, feuchte Augen hatte, deren Blicke in ihrer allzugroßen Glut pathetisch wirkten. Die drei Kinder und ihre Tante sollten vier Jahre in Frankreich bleiben, dann zwei Jahre in Madrid, und schließlich gemeinsam wieder nach Bogotá zurückkehren. Was uns aber besonders gefiel, war dies: Mama Dolores und ihre beiden Nichten wollten alle Nachmittage in Saint-Augustin verbringen, und zwar so lange, bis Márquez sich an das Internatsleben gewöhnt haben würde und darauf verzichten konnte, seine Familie in der Nähe zu wissen, um gegen das Heimweh anzukämpfen.

Es war uns also vergönnt, alle Tage während der langen Freizeit am Nachmittag Fermina Márquez in den Alleen des Parkes vorüberwandeln zu sehen. Den Verboten zum Trotz hatten wir uns auch sonst nie gescheut, den Hof zu verlassen, um im Park zu rauchen; und nun, wo es einen viel größeren Anlaß gab . . . Man mußte in die Arbeitsräume zurückgehen. Das Ende dieser Pause war etwas Einmaliges; das Leben hatte sich von Grund auf geändert, jeder von uns fühlte in sich eine Hoffnung und war erstaunt, sie so schwer und so schön zu finden.

3

Wir sagten uns: »Wenn schon einer sie haben soll, dann Santos; hoffentlich nimmt Demoisel, dieser Wilde, sie sich nicht mit Gewalt in einem Winkel des Parks.« Iturria begriff selbst, daß er den Neger überwachen und gleichzeitig Fermina den Hof machen mußte. Überdies fanden wir Mittel und Wege, daß immer mindestens zehn von uns die jungen Mädchen begleiteten.
Das war nicht schwer: hatten wir uns ein paar Minuten im Schulhof gezeigt, rückten wir aus, mit einem Sprung über den Gitterzaun, und schlüpften geduckt zwischen die Blätter der Sträucher. Unterdessen standen einige von den Kleineren Wache.
Im Park trafen wir dann wieder auf den kleinen Márquez bei seinem Spaziergang mit Tante und Schwestern. Wir sagten ihm guten Tag, wir bedachten die Damen mit schönen Begrüßungen. Nach und nach brachten wir es dahin, Mama Dolores und ihre Nichten in geschlossener Gruppe zu begleiten. Aber wir waren immer auf der Hut und bereit, uns beim ersten Alarmzeichen im Gebüsch zu verstecken, denn es gab Tage, wo die Aufseher sich hervortun wollten und Jagd auf uns machten.
Das waren sehr angenehme Spaziergänge. Die Mädchen redeten nur wenig, aber wir fühlten ihre Nähe, und Mama Dolores erzählte uns hübsche Geschichten aus ihrem Land; oder sie teilte uns auch ihre ersten Eindrücke von Paris mit, berichtete von den tausend Wundern, die sie täglich überwältigten. Sie hatte ein

geräumiges Appartement in der Avenue de Wagram gemietet; aber dort kehrte sie nur zum Schlafen ein, denn die Kaufläden (so viele Kaufläden!) bildeten eine zu große Versuchung; das Mittagsmahl nahmen sie und die »Kleinen« in den Restaurants im Zentrum ein, um den »günstigen Gelegenheiten« nahe zu bleiben, und überdies mußte man ja jeden Tag um ein Uhr in Saint-Augustin sein; also . . ., »also haben die sechs Domestiken im Appartement Avenue de Wagram sicherlich eine gute Zeit!« Sie war einzig, zu gut angezogen, zu sehr parfümiert, und ungebildet, und bezaubernd; sie rauchte unsere Zigaretten, und wenn sie sich an einen von uns wandte, redete sie ihn mit Queridín an, im Ton einer Verliebten. Santos meinte: »Ah! wenn mich erst die Nichte Queridín nennen wird!«

Rings um uns öffnete sich der Park mit edlen, breiten, hohen Alleen zwischen dem dichten Laubwerk, das wohlgestutzt an grüne Mauern und Terrassen gemahnte – mit Durchblicken, darin die Schäfte der Eichen in schwarzgrünem, beunruhigendem Schatten emporragten, von Efeu und Moos umschlungen. In diesem Park von Saint-Augustin gab es Alleen, würdig Versailles' oder Marlys. Hier und da erblickte man riesige Bäume mit Löchern von den Kanonenkugeln des letzten Krieges, aber sie hatten es überlebt, und ihre großen Wunden waren gefüllt und verteert worden. Vor allem aber gab es die Terrasse mit der gewaltigen Freitreppe und der Statue des heiligen Augustinus, die über und über vergoldet das ganze Tal beherrschte. Es ist das Tal der Seine, das königliche

Land, in dem die Straßen und Wälder nur eine weitere Ausdehnung der schönen Parks zu sein scheinen, und wo immer Vögel singen. Es ist Sommeranfang, man atmet auf, und man empfindet bis in die Tiefe des Herzens die Anmut Frankreichs.

4

In der Nähe des Gewächshauses war ein Tennisplatz angelegt worden. Wir verachteten Tennis; das war ein Spiel für Mädchen, oder für *Yankees.* Fermina zu Gefallen brachten Santos und Demoisel diesen Sport zu hohem Ansehen. Wir ließen uns Schläger kommen, besondere Schuhe; es wurde sehr schön. Fermina Márquez gewann im Spiel neues Leben, bewundernswert waren ihre Kraft und Gewandtheit, und dabei verstand sie es, selbst in den schnellsten Bewegungen Noblesse und majestätische Haltung zu bewahren. Man trug damals weite und offene Ärmel, und jedesmal, wenn das junge Mädchen den Arm hob, fiel der Ärmel herab, glitt nach und nach bis über den Ellbogen zurück. Noch jetzt erstaunt es mich, daß sie unser aller Blicke nicht empfand, die sich voll Neugier und Hunger an ihrem nackten Arm gleichsam festsaugten. Eines Tages, als die Partie beendet war und Fermina Santos ihren Schläger zurückgegeben hatte, küßte Santos den Griff vor ihren Augen.

»Ach, lieben Sie einen Tennisschläger so sehr?«

»Und mehr noch die Hand, die ihn umspannt hat.«

Santos hatte sie am Gelenk ergriffen und drückte seine Lippen darauf. Heftig riß sie die Hand zurück, und ihr Armband, das sich geöffnet hatte, fiel zu Boden. Santos hob es auf und erklärte, es behalten zu wollen.

»Das werden Sie nicht wagen!«

»Oh, ich werde noch mehr wagen: Heute abend, um elf Uhr, bringe ich es Ihnen zurück, in Ihre Wohnung, nach Paris.«

»Ein Witz!«

»Sie werden ja sehen. Benachrichtigen Sie nur bitte den Portier, daß er mich hineinläßt – und vor allem, verraten Sie dem Herrn Studienpräfekten nichts.«

»Aber das ist doch ein Streich ... man wird Sie aus der Schule weisen!«

Santos zuckte mit den Achseln und gab ihr durch ein Augenblinzeln zu verstehen, daß Mama Dolores nahte; in ihrem Gefolge waren Pilar, Márquez und Léniot, ein Sekundaner, der das Vertrauen der Kreolin genoß, weil er einmal Márquez gegen die Hänseleien seiner Klassenkameraden verteidigt hatte. – Santos fügte halblaut hinzu: »Aus der Schule weisen? Bah, ich habe diesen Streich schon öfter vollführt, stimmt's, Schwarzer?« Und Demoisel antwortete mit einem seltsamen Lachen: »Ahi, ahi!«

5

Dies war das erste Mal, daß Santos Iturria und Demoisel in unserer Gegenwart auf ihre nächtlichen Eskapaden anspielten. Dabei pfiffen die Spatzen dieses Geheimnis von den Dächern. Ich habe mich immer gefragt, warum sich die beiden darauf versteiften, nichts auszuplaudern. Seit zwei Jahren ging das schon so. Allwöchentlich sah man Iturria und Demoisel an diesem oder jenem Tag morgens mit umschatteten Augen und den angespannten Zügen übernächtigter Männer vom Schlafsaal herunterkommen. Erloschenen Gesichts und mit summendem Kopf erschienen sie im Klassenzimmer nur, um sich hinter einer Mauer aus Wörterbüchern auszuschlafen. Während der Pausen ließen sie sich weder im Hof noch im Park blicken; erst wenn wir in die Klassen zurückkehrten, schlichen sie sich aus den *Klavierkabuffs* und tauchten in unseren Reihen unter, schwerfällig, als schliefen sie im Gehen. Santos war dann von einer Blässe, die ihm gut stand; der Neger dagegen sah aus wie ein schlechtgeschminkter Clown, ein mit Tinte und Schokolade flüchtig überpinselter Holzkopf. Und in der Klasse ging es weiter: Demoisel, ein großer Faulpelz, der aus diesem Grunde in der letzten Bank saß, gab sich hemmungslos, den Kopf an die Wand gelehnt, die Beine ausgestreckt, ausgiebigem Schlummer hin. Im Gegensatz dazu schlief Santos, der Primus der Klasse, steif aufgerichtet, die Ellbogen leicht auf den Tisch gestützt. Seinem Nachbarn hatte er die Weisung gegeben:

»Stoß mich an, wenn man mich aufruft.«
Erst abends im Speisesaal schienen sie zu erwachen. Da warfen sie sich dann Blicke ernsten Einverständnisses zu, als wollten sie sich vergewissern, ob sie es nun wirklich überstanden hätten. Wir, die wir die Ursache ihrer Müdigkeit errieten, bewunderten sie stumm. Dieser Schlaf, den sie einen ganzen Tag lang vor unseren Blicken ausbreiteten, das geheimnisvolle Gehabe Verschworener, mit einem Wort, die Miene von Männern, die sich »eine Nacht um die Ohren geschlagen« haben, das alles reizte unsere Neugier und erfüllte uns mit Sehnsucht nach den noch unbekannten Vergnügungen. Die beiden waren sich darüber klar, welche Hochachtung sie durch diese Expeditionen genossen, und ich frage mich heute, ob es ihnen nicht vielleicht ebensoviel Freude machte, uns die zerstörte Miene eines Nachtwandlers zu zeigen, wie diese Miene in den Cafés und Restaurants von Montmartre zu erwerben. Denn auf Montmartre amüsierten sie sich, dorthin unternahmen sie ihre Streifzüge, wir hatten Beweise dafür. In der Oberprima waren Rechnungen für Soupers von Hand zu Hand gegangen, am Kopf hatten die Namen berühmter Restaurants der Butte gestanden und ganz unten, bei der Endsumme, manchmal eine dreistellige Zahl!
Nie hat man erfahren, wie sie aus dem Park gelangten oder auf welche Weise sie tief in der Nacht, kaum ein paar Stunden vor dem Wecken, den Schlafsaal erreichten. Hatten sie den Nachtwächter, die Aufseher bestochen? Hatten sie Verbindungen zu irgend jemandem im Dorf angeknüpft? Vermutlich. Es wurde behaup-

tet, der Reitlehrer, der außerhalb von Saint-Augustin wohnte, leihe ihnen Pferde. Dann ritten die zwei Gefährten also, hoch zu Roß, zum nächsten Bahnhof, und fünfundzwanzig oder dreißig Minuten später waren sie in Paris. Bei der Rückkehr fanden sie die Pferde wieder im Stall eines Wirtshauses vor und galoppierten zum Internat. Fermina Márquez hatte so unrecht nicht: das war eine Angelegenheit, die zum Ausschluß von der Schule führen konnte – und einen Teil des Personals würde man ebenfalls hinauswerfen. Nun, all dies wurde der Internatsleitung erst sehr viel später bekannt, als die Schuldigen und ihre Komplizen Saint-Augustin längst verlassen hatten.

Anfänglich war Santos allein nachts ausgegangen. Er begann mit Besuchen im Quartier Latin; sein Vorortzug brachte ihn bis zur Place Denfert, und er wagte es noch nicht, sich umständlicheren Verbindungen auf dem Pariser Netz anzuvertrauen. Doch wurde er dieses Viertels bald müde. Er fühlte sich in den Brasserien der Studenten nicht wohl: diese Umgebung war zu raffiniert für ihn; mit Verwunderung hörte er seine Tischnachbarn über Philosophie und Literatur reden. Er kam sich linkisch vor, als kleiner Junge. Außerdem weckten seine übertriebenen Ausgaben, die Sorglosigkeit, mit der er sein Geld zur Schau stellte, bei den meisten Anwesenden bösartigen Neid und bei denen, die er als überlegen empfand und deren Sympathie er gern errungen hätte, Verachtung. Als er dann schließlich die teuren Freuden der Butte kennengelernt hatte, erschienen ihm die bescheideneren Vergnügungen des Quartier Latin unwürdig und schal.

Auf Montmartre fühlte Santos Iturria sich freier. Da er etwa zweimal in der Woche kam, zählte er nach und nach in einigen Etablissements zu den Stammgästen. Später noch haben manche von uns, nachdem das Internatsleben erst einmal beendet war, in den Cafés am Boulevard de Clichy und an der Place Blanche Leute getroffen, die Herrn Iturria gekannt hatten und sich noch gut seiner erinnerten.
Zu der Zeit, als Santos Montmartre entdeckte, gesellte sich Demoisel zu ihm und nahm an allen Ausflügen teil. Santos hatte dem Neger erlaubt, ihn zu begleiten, weil er sich einen Gefährten wünschte und es nicht wagte, seinen Bruder Pablo in Gefahr zu bringen. Bei Demoisel nun fand er eine Kühnheit, die nicht geringer war als seine eigene. So wurden die beiden in einem bestimmten Kreis von Zechbrüdern, Maîtres d'Hôtel, Zigeunern und hübschen Mädchen recht populär. Um aber die Wahrheit zu sagen: Der Neger mit seinen überlangen Beinen, dem hohen Wuchs und seiner kurzen, drolligen Stupsnase, der krausen Nase eines Pariser Laufburschen, die inmitten dieses afrikanischen Hauptes höchst bemerkenswert war, vielleicht ein Erbstück seiner Mutter, der Pariserin aus Port-au-Prince? – Demoisel also, dieses Stiefkind der Natur, hatte keinerlei Erfolge bei den hübschen Mädchen aufzuweisen. Denn zu allem übrigen war er auch noch gewalttätig, brutal und boshaft, und so kräftig, daß niemand ihm zu widersprechen wagte, zumal wenn er zuviel getrunken hatte. In solchen Augenblicken konnte nur Santos seiner Herr werden und ihn rechtzeitig ins Internat zurückbringen. Die anderen Neger,

die wir in Saint-Augustin hatten, galten als Musterschüler und waren arbeitsam und sehr klug, friedliche, wortkarge Jungen, hin und wieder mit einem Hauch Schwermut in den Augen. Demoisel also bildete eine Ausnahme, und zwar eine schreckliche Ausnahme. In einigen Schülergruppen erzählte man sich flüsternd von seinen traurigen Erlebnissen. Anscheinend besuchte er gegen Santos' Willen während dieser berühmten Nächte irgendwelche Spelunken, und dort sollte er Dirnen geohrfeigt und dafür bezahlt haben. Und diese Unseligen hatten sich, zweifellos aus Hunger, zu einer derartigen Schmach hergegeben! Heute, bei kühlem Kopf, halte ich das Ganze für eine Legende, zu der die Phantasie eines lüsternen Kindes irgendeinen Zwischenfall aufgebauscht hatte. Doch erinnere ich mich noch genau, in welche Verwirrung uns diese Geschichte stürzte, als wir zum ersten Mal davon hörten. Wir waren zwar fast alle verwöhnt und verzogen, und es gibt nichts, was schlimmer den Charakter schädigt und die Seele verhärtet; aber mehrere unter uns weinten vor Entrüstung und Mitgefühl; gegen unseren Willen mußten wir ständig an diese Angelegenheit denken, und abends vor dem Einschlafen senkte sie sich auf unsere Brust wie eine erstickende Last, die wir mit den Händen emporzuheben suchten ...

Santos aber war überall willkommen. Erhobenen Hauptes, den Hut nach hinten gerückt, betrat er den Speiseraum eines Restaurants, und immer fand sich alsbald in irgendeiner fröhlichen Tischrunde eine schöne Frau, die ausrief: »Da kommt ja mein

Schwarm!« Wirklich, Santos Iturria war schön. Achtzehn bis neunzehn Jahre alt, hatte er doch schon die Schultern, die volle Kraft, das sichere Auftreten eines Mannes von fünfundzwanzig Jahren. Die seinem Alter gemäße Leibhaftigkeit fügte seiner Erscheinung einen weiteren Zauber hinzu. Sein Gesicht war nicht langgezogen, aber groß und immer scharf rasiert, was den Charakter von Sauberkeit und Freimut, der von seiner ganzen Person ausstrahlte, noch betonte. Er hatte einen klaren, fast etwas rosigen Teint. Seine kastanienfarbenen, leichtgewellten Haare krönten anmutig die hohe Stirn. Vor allem aber fielen dem Betrachter seine Augen auf: sie waren blau, doch von einem tiefen, fast schwarzen Blau. Sie setzten in Erstaunen. Um so mehr, als ihr gerader, männlicher Blick voll unverschämter Fröhlichkeit die schwarzen, sehr langen, beinah weiblichen Wimpern Lügen strafte.

Indem er in Montmartre seinen Vergnügungen nachging, lernte Santos Lebensart. Zu Beginn hatte er sich etwas rauh gegeben und manchmal selbst ins Unrecht gesetzt. Eines Abends nun, als Demoisel und er hinter einer ihnen befreundeten jungen Frau her die Treppe eines Restaurants à la mode hinaufrannten, begegneten sie einer Gruppe von Männern, die gerade beim Hinabsteigen waren. Die junge Frau schlüpfte an ihnen vorbei, doch Santos, der, im Begriff ihr zu folgen, vorstürzte, stieß gegen einen älteren Herrn, worauf dieser ihm mit folgenden Worten den Weg versperrte:

»Mein Herr, ich habe Madame Platz gemacht, aber es

ist an Ihnen, dem Jüngeren, jetzt mir den Vortritt zu lassen. Es ist ja nicht zu sagen . . .«

Der Biedermann fuhr noch eine Weile mit seinem Verweis fort, und Demoisel lachte schon beim Gedanken an die Abfuhr, die Santos ihm gleich erteilen würde. Santos jedoch hörte ihn ohne Widerrede bis zu Ende an. Dann grüßte er und sagte, indem er bescheiden zurücktrat und den Weg freigab:

»Ich habe die Lehre verdient, mein Herr, wollen Sie bitte meine Entschuldigung entgegennehmen.«

Vom nächsten Treppenabsatz rief jemand herüber: »Bravo, mein Herr, Sie haben Lebensart!«

»Sie habe ich nicht um Ihre Meinung gebeten«, erwiderte Santos und ging vorbei.

Bald vermochte er sich mühelos in dieser komplizierten Welt zu bewegen. Er wurde sogar zu einem moralischen Begriff: Streiter für alle Frauen, denen gegenüber man es an Respekt fehlen läßt, und Schreckgespenst jener kleinen Leute, die man so oft im Gefolge gewisser Schönen sieht.

Es sind dies sehr elegante junge Herren. Ihr kommt ins Gespräch mit ihnen, und schon geben sie sich als »Söhne aus gutem Hause« zu erkennen, die auf dem Wege sind, sich zu ruinieren; sie werden sicherlich bald entmündigt werden, und wenn sie erst alles verpraßt haben, müssen sie sich die Hirnschale zerschmettern. Das Merkwürdige ist nur, sie sind auch imstande zu sagen: »Ich will Sie mal einen Witz erzählen«, oder: »Dicke Luft in der Bude!« Dabei haben sie keinerlei ausländischen Akzent, und ihre Schulzeit, so lassen sie vertrauensvoll wissen, wurde in

Janson absolviert. Da beobachtet ihr sie ein wenig mehr aus der Nähe und stellt fest, daß sie sich in ihrem Anzug gar nicht wohlfühlen und den Kellner mit letzter Unverschämtheit behandeln. Sowie aber nun ein reicher Mann, ein *seriöser Kunde*, den Anschein erweckt, die Frau in ihrer Begleitung angenehm zu finden, seht ihr sie unter einem beliebigen Vorwand verschwinden und euch ohne Bedauern ihren Platz abtreten. Und dann begreift ihr (zu spät), mit wem ihr zu tun hattet ...

Santos Iturria konnte diese Männer der Halbwelt nicht ertragen. Er stieß sie und jeden ihrer Vorschläge mit einer Heftigkeit zurück, die seinem Mut Ehre machte. Mit lauter Stimme beglückwünschte er den einen zu dem Takt, mit dem er, der von Herzen Geliebte, sich bei der oder jener Gelegenheit vor dem aus Vernunftgründen Geliebten beiseitegedrückt habe. Zu einem anderen sprach er mit beleidigender Hartnäckigkeit von Liebe und Geld. Seine Konversation war elegant, lebhaft, ohne Geschwätz, aber reich dahinströmend, mit komischen Wendungen oder auch ungeheuerlichen Scherzen verziert, die mit einem besonders köstlichen, da tiefernsten Ton vorgebracht wurden. Sogar sein Akzent, in dem etwas Musikalisches lag, verlieh diesen Scherzen einen weiteren, letzten Reiz. Bald ging er vollends zum Angriff gegen die von ihm nicht eben geschätzten hübschen Herren über. Und mit diesen geistlosen Leuten, die sofort in Wut gerieten und zu schimpfen anfingen, hatte er leichtes Spiel. Sie dienten ihm als Zielscheiben und Prügelknaben. Er hielt sie zum Narren. Er verfolgte sie. Er ließ sie fühlen, daß er, falls sie ausfällig werden sollten, immer einen Nasenstüber für sie bereithielt. Und aus Angst, von ihm gejagt zu werden, wagten sie es wirklich nicht, sich als Flegel aufzuführen. Bei seinen verwegenen Angriffen hatte Santos immer die Lacher – und auch die Lacherinnen – auf seiner Seite. Das konnte noch ein böses Ende nehmen. Und eines Nachts auf der Straße erhielt Santos einen furchtbaren Faustschlag in den Nacken. Doch Demoisel richtete den Angreifer derartig zu, daß sie nicht mehr behelligt wurden. Santos kam mit einigen Tagen im Krankenrevier davon; die Öffentlichkeit erfuhr nur, er sei im Turnsaal gestürzt.

Fermina Márquez ihr Armband zurückzubringen, war demnach keine besonders schwierige Aufgabe für Santos. Während des abendlichen Unterrichts spielte er die ganze Zeit mit dem Reif, auch noch, als er zum Schlafsaal hinaufstieg. Und als das junge Mädchen uns am Tag darauf die Hand hinhielt, war das Schmuckstück an ihrem Arm. Das erfüllte uns mit Stolz. Iturrias Kühnheit ehrte uns alle.

6

Nun waren wir die gewohnte Eskorte des jungen Mädchens. Kaum ein Dutzend. Alle, die sich ihr näherten, mit denen sie sprach, die mit ihr spielten, alle bildeten rings um sie her eine Art Liebeshof und waren ihre Ritter. Und diese Ritter der Fermina Márquez wurden von allen Schülern bewundert, vielleicht sogar von den jüngsten unter den Aufsehern. Wir brachten von diesen schönen Promenaden im Park nun nicht mehr den Geruch heimlich gerauchten Tabaks mit, sondern das Parfum der kleinen Amerikanerinnen. War es Geranium oder Reseda? Auf jeden Fall ein unbeschreibliches Parfum, ein Parfum, das an blaue und malvenfarbene Kleider denken ließ, auch an weiße und rosenrote, und dann an große weiche Strohhüte und an aufgerollte und in Schnecken gedrehte schwarze Haare, und an schwarze Augen von einer Größe, daß sich der ganze Himmel darin spiegelt.

Pilar war nichts weiter als ein Kind, sie hatte stets tintige Finger und zerkratzte Ellenbogen, und sie bewegte sich auf jene ungeschickte Weise, die für kleine Mädchen zwischen elf und dreizehn Jahren bezeichnend ist. Fermina dagegen war ein echtes, ein großes junges Mädchen. Eben darum griff ihr Anblick uns so ans Herz. Ein junges Mädchen! Man hätte am liebsten in die Hände geklatscht, wenn man sie erblickte, man hätte um sie herumtanzen mögen. Worin liegt dieser feine Unterschied zwischen dem Mädchen und einer jungen Frau? Ich sehe eine Frau an, eine junge Mutter im Kreis ihrer Kinder; und sie erwidert meinen Blick, sie erkennt mich: meine Hand war es, die sie an mich zog und sie nicht eher ließ, als bis der Kuß gewährt war. Sie sieht mich an, und all diese Bilder sind in ihr. Ich bin ein Mann, wie es der Vater ihrer Kinder ist ... Aber für das junge Mädchen bin ich ein unbekanntes Wesen, ein fremdes Land, ein Geheimnis. Ein armes unbekanntes Wesen, das linkisch und stotternd vor ihr steht, ein erbarmungswürdiges Geheimnis, von einem Gelächter aus ihrem Mund um alle Haltung gebracht.

Und dennoch kennen wir uns ein wenig; wenn mich das Leben ganz mit mir allein läßt, entdecke ich in mir Wünsche und Empfindungen einer Frau; und ich zweifle nicht daran, daß die Frauen, die in sich selbst zu blicken vermögen, hinter ihrem reichen weiblichen Herzen den scharfen und geordneten Geist eines Mannes bemerken.

Aber, da wir doch niemals imstande sein werden, uns selber ganz deutlich zu sehen, werden wir je den Teil des anderen Geschlechts erkennen, den wir in uns tragen, wir alle, ob wir nun Männer oder Frauen sind? Es war die Täuschung unserer zwanzig Jahre, daß wir glaubten, das Leben und die Frauen zu kennen. Nie wird man das Leben kennen und nie die Frauen, es gibt immer wieder aufs neue einen Grund zum Erstaunen, eine ununterbrochene Reihe von Wundern. Santos wiegte sich im Glauben, er habe in den Cafés von Montmartre die Frauen kennengelernt; und auch wir anderen, die wir, selten genug, auf Gesellschaften oder zum Tee bei Freunden unserer Eltern in Paris eingeladen waren, auch wir verkündeten: »So sind die Frauen.«

7

Aber unsere Abwesenheit in den Freistunden war ein Ärgernis, unsere verbotenen Spaziergänge, unsere Tennispartien im Park beunruhigten am Ende die leitenden Herren des Internats. Und eines Tages wurde jedem Ritter der Fermina Márquez unter Androhung schwerster Disziplinarstrafen der Zugang zum Park untersagt. Einzig Léniot, ein Sekundaner, erhielt die besondere Erlaubnis, die Damen zu begleiten. Mama Dolores hatte um diese Vergünstigung gebeten, weil Léniot sich zum Beschützer des kleinen Márquez gemacht hatte und ihm die Schwierigkeiten, die jeden am Anfang des Internatslebens erwarten, überwinden half.

8

Mit fünfzehneinhalb Jahren war Joanny Léniot einfach das, was man einen Musterschüler nennt. Er hatte keinen gewinnenden Gesichtsausdruck; schweigsam von Natur, blickte er die Menschen nie gerade und offen an. Überdies lebte er meist für sich allein. Man hatte ihn sogar im Verdacht, daß er die Pausen benutze, um den Unterrichtsstoff im Geist zu wiederholen, während er so tat, als schliefe er, ausgestreckt auf einer Bank. Ein ziemlich undurchsichtiger Charakter, über den niemand etwas Genaueres hätte sagen können. Er war da, saß auf seinem Platz, stand in seiner Reihe; das war alles. Am Tage der Preisverteilung jedoch hörte man, wenn seine Klasse aufgerufen wurde, nur noch seinen Namen, man sah nur ihn auf dem Podium; und da er immerhin der Schule zur Ehre gereichte, klatschten alle Schüler, bis ihnen die Hände wehtaten. Aber niemand liebte ihn.

Er war als Neunjähriger in Saint-Augustin eingetreten; damals konnte er kaum lesen. Zunächst hatte er sich so einsam gefühlt – unter diesen Mitschülern, die eine ihm unbekannte Sprache redeten –, so sehr wie ein Gefangener, so verlassen, daß er sich, um das Elend seines Daseins nicht mehr zu empfinden, auf die Arbeit gestürzt hatte. Er fing an zu lernen, wie ein Mann zu trinken anfängt: um zu vergessen. Er gehörte zu den Charakteren, denen das Internat ein unauslöschliches Mal aufprägt; das fühlte er, und er kämpfte so gut er konnte gegen diesen Einfluß.

Alle staunten über seine Fortschritte. Nach einem Jahr

wurde er von der achten Klasse gleich in die sechste versetzt, und in dieser neuen Klasse schrieb er beim ersten Aufsatz des Jahres die beste Arbeit. Von diesem Augenblick an versteifte er sich darauf, stets der Beste zu sein. Von den Spielen in der frischen Luft hatte man ihn ausgeschlossen, seine Ungeschicklichkeit besiegelte jedesmal die Niederlage seiner Partei, so daß die Mannschaftsführer selbst darum baten, ihn von den Spielen zu befreien. Er war es zufrieden. Nunmehr wurde ihm alles gleichgültig, bis auf den Platz des Primus, seine fixe Idee. Und das bedeutete tagtägliche Anspannung, denn selbst die gewöhnlichen Hausaufgaben wurden nach der Korrektur in der Reihenfolge ihrer Bewertung zurückgegeben. Es war ihm verhältnismäßig gleich, um welches Fach es dabei ging; Naturwissenschaft, Literatur, Grammatik, Geographie, er sah in allem nur Gelegenheiten, seine Sucht nach Schülerruhm zu befriedigen. Seitdem dieser Ehrgeiz in ihm aufgeflammt war, hätte man ihm alles beibringen können. Und dieser Ehrgeiz machte ihn blind; er war bald nicht mehr imstande, die kleinen Alltagsseiten des Lebens zu bemerken, das gleichförmige, platte, banale Gesicht der Dinge: Wie der Aufseher während der Schularbeitsstunde über irgendeiner pikanten Lektüre den Mund aufreißt, wie die Faulpelze schnell mit ihrer Aufgabe fertig zu werden suchen und die ganz Hoffnungslosen Fliegen fangen oder traurig zum Fenster blicken, hinter dem ein Perlmutterhimmel sich in blaue Nacht vertieft. Nicht einmal die Schwermut bestimmter Abende in Saint-Augustin rührte ihn an, jener verzweifelten Abende eines Dorfes in der weiteren Umgebung der Hauptstadt, wo man, bis in den Schlaf hinein, aus der Ferne die Züge rollen hört, Paris entgegen, als wären sie voller Entsetzen auf der Flucht ... Nein, alles in Joanny Léniot war einzig auf das gerichtet, was er in seinem geheimsten Inneren *den Erfolg* nannte.

Und das sah dann so aus: Man kehrte ins Klassenzimmer zurück, der Lehrer saß bereits auf seinem Stuhl, vor ihm lag ein Haufen korrigierter Hefte. Sobald es still war, sagte er:

»Ich habe Herrn Léniot für seine Übersetzung die Note 18 gegeben, die Arbeit ist ohne schwereren Fehler, ich lese sie Ihnen vor.«

Oder es handelte sich um die Ergebnisse der letzten Klassenarbeit. Sie wurden nur in Gegenwart des Studienpräfekten und eines Oberaufsehers bekanntgegeben, einmal in der Woche, am Samstagnachmittag. Man begann bei den höheren Klassen, der Oberprima, der Unterprima ... Eine Viertelstunde, zwanzig Minuten lang lauschte Joanny Léniot in seiner Bank den verschiedenen Phasen der Zeremonie. Die Geräusche der Schritte und Stimmen, das Poltern und Scharren, wenn sich die ganze Klasse beim Eintritt der leitenden Persönlichkeit erhob – das alles nahm er auf, und Ängstlichkeit, Unsicherheit schüttelten ihn. Näher und näher kamen die Geräusche. Jetzt betraten die Herren das Zimmer nebenan. Und dann kam Léniots Klasse an die Reihe. In Mantel und hohem Hut erschien die Obrigkeit, die Schüler und der Lehrer erhoben sich.

»Setzen Sie sich, meine Herren«, sagte der Studienpräfekt und gab seinem Gesicht einen feierlichen Ausdruck. Dann verlas der Klassenlehrer die Ergebnisse des letzten Aufsatzes. Welcher Augenblick!

»Erster: Léniot (Joanny).«

Mit einem Ruck stand er auf; der Herr Studienpräfekt lächelte ihm zu; er setzte sich, taumelnd. Es war eine heftige Erregung, ein Schlag in seinem Gehirn, eine Erschütterung aller Nerven. Bis zum Ende der Stunde behielt er in seinem Innern ein Zittern, eine Art Fieber. Bei Schulschluß hörte er dann:

»Hat man auch bei euch die Plätze verteilt? Wer war Erster?«

»Natürlich wieder Léniot!«

Er ließ seine Freude nicht im geringsten anmerken, war er sich doch im klaren darüber, wie wenig dies alles den meisten Schülern bedeutete. Und außerdem wollte er bescheiden sein. Aber diese Freude war so gewaltig, daß er am liebsten laut gerufen hätte, und er ging ganz niedergebeugt, gekrümmt unter der Last des Stolzes. Wie man auf den Illustrationen in Abenteuerromanen einen Piraten erblickt, der eine schöne weiße Gefangene trägt, so sah er sich selbst verzückt dahinschreiten, seinen Ruhm in den Armen haltend, fest an seine Brust gedrückt. Wieder war ein Sieg errungen: eine Woche lang würde er den Ehrenplatz in der Klasse einnehmen. Es war ihm ungefähr so zumute wie nach der Kommunion, er fühlte sich gereinigt, er hatte größere Achtung vor sich selbst als zuvor.

Der Studienpräfekt und alle Lehrer beglückwünschten ihn; man setzte in ihn die größten Hoffnungen. Er war ja so klug, er eignete sich alles wie im Fluge an. So lautete die Meinung aller. Denn Joanny Léniot war kokett genug, seine hartnäckigen Anstrengungen zu verbergen. Gab er sich während der Schularbeiten einmal eine halbe Stunde der Muße, so verbrachte er diese Zeit damit, allen zu zeigen, daß er nichts tat: Er verließ ein dutzendmal seinen Platz, ließ sich ständig vom Aufseher zur Ordnung rufen. Er gab sich den Anschein, als schriebe er die Aufgaben in der letzten Minute nieder. Ja, es kam sogar vor, daß er während des Unterrichts schlief. All dies erweckte falsche Vorstellungen, und man staunte über seine rasche Auffassungsgabe. Dabei waren in Wirklichkeit seine Empfindungen immer lebhafter als die Gedanken, sie trübten den von ihnen beherrschten Verstand; im Grunde war Léniot, entgegen seinem Ruf als Geisteslicht, einzig durch seinen maßlosen Ehrgeiz bemerkenswert; der hob ihn allerdings über seine Altersgenossen empor.

Seine Eltern – sie wohnten in Lyon – feierten jeden seiner Erfolge mit einem Brief voller Lobsprüche, um ihn zu ermutigen. Vater Léniot sagte sich, daß sein Sohn die Opfer begreife, die man ihm brachte, und daß er als lebenskluger Bursche den Unterricht voll ausnutzte, den man ihm ermöglichte. Und seine Mutter wiederum malte sich aus: »Er arbeitet nur so viel, um mir eine Freude zu machen!« Joanny las diese Gedanken hinter ihren Glückwünschen. Nein, seine Eltern würden nie verstehen ... und er zerriß ihre Briefe, vor Mitleid lächelnd. Niemand würde je begreifen, daß er nichts anderes wollte, daß er für nichts anderes so heftig arbeitete, als für die Erregung im Hirn, diesen inneren Blitz, der dem Aufruf zum

Ruhm folgte: »Erster: Léniot (Joanny).« So wurden diese kleinen Erfolge eines Schülers mit guten Noten in seiner jugendlichen Einbildung zu den Triumphen eines römischen Imperators.

Doch die Erwachsenen haben keine Ahnung davon – sie, die das Leben taub gemacht und ausgetrocknet hat –, daß diese Lorbeeren sehr wohl imstande sind, auf der Stirn des guten Schülers unverwelklich zu bleiben. Zwar verteilte man in Saint-Augustin keine Kränze als Preise, aber die Bücher, die vergeben wurden, trugen, in den Deckel eingraviert, ein goldenes Wappen mit den Initialen des Instituts: S. A., was seit der Gründung der Schule, nach einem von Generation zu Generation vererbten Kalauer, auch die Bedeutung hatte: Schmutziger Ankerplatz. Dieses Wappen war etwa so groß wie ein Taler. Lange und mit Ehrfurcht hatte Joanny zum erstenmal den goldenen Kreis betrachtet. Wie der ewige Widerschein jenes berühmten »ersten Ruhmesstrahls« sah er aus, von dem ein paar bedeutende Dichter sprechen, und obwohl diese Ehrfurcht für ihn jetzt nur noch eine Kindheitserinnerung war, so erwachte doch diese Kindheit mit ihrem ganzen bitteren Geschmack, ihrer ganzen Traurigkeit, ihrem ganzen Ernst beim bloßen Anblick der Bücher, die er als Preise früherer Jahre gewonnen hatte. O gewiß, sein Leben lang würde er Preise erhalten, sein ganzes Leben lang würde er die Wärme spüren, mit der dieser goldene Reif sich auf ihn niedersenkte. Sein ganzes Leben würde erfüllt sein von diesem arbeitsamen Ernst, dieser schweigenden, unaufhörlichen Bemühung, in allen Dingen sich hervorzutun. Sein ganzes Leben würde für ihn diese kostbare Bitterkeit behalten, den Geschmack des Lorbeers! Mochte es draußen, fern von den Klassenzimmern und dunklen Fluren, noch so viel freie Luft geben, Sommer mit Windstößen voller schwindelerregender Düfte; oder auch den Herbst und die ersten schwülen Nebel, die sich wie eine Hand auf unser Herz legen; mochte da irgendwo Paris sein mit all seinen Nächten voller Sünden – so schönen und schrecklichen Sünden, daß man nicht wagte, sie sich vorzustellen; mochte es alle Frauen der Welt geben, so schön, daß man am liebsten Namen erfunden hätte, um diese Schönheit zu bezeichnen; und mochte es auch die Augen der Fermina Márquez geben, in denen die Sonne der Tropen, sich widerspiegelnd, aufleuchtete: – Joanny Léniot wandte sein Gesicht der Wand zu, und indem er an die Aufgabe dachte, die vor ihm lag, spürte er im tiefsten Grund seines Wesens ein Glück, das größer war als alle diese Freuden.

Nein, nichts auf der Welt vermochte ihn abzulenken. Er hielt sich zusammen, gönnte sich keine Zerstreuung, weigerte sich, eine Sekunde Zärtlichkeit zu verschenken, an wen oder was auch immer. Deutlich erkannte er die Grenze seines Geistes. Wieder und wieder hatte er einen kurzen Abriß, *Das Leben Benjamin Franklins,* gelesen, der mit den Worten schloß: Er hat alles aus sich gemacht, was in ihm war. Léniot überlegte: Franklin muß sich verachtet haben, wie ich mich verachte; aber er hat das Mittel gefunden, in den Augen der Menschen groß dazustehen. Das ist der Weg, dem ich folgen muß, und zwar ohne Zaudern. Er sparte mit sich selbst. Als Fermina Márquez im Internat auftauchte und eine neue Luft mit sich brachte, klagte er sich an, weil er sich einen Augenblick lang hatte zerstreuen lassen. Auch die schönsten Augen der Welt durften ihn nicht vom wunderbaren Ziel ablenken. Hatte Cäsar etwa ein einziges Mal die Töchter oder Frauen der gallischen Führer zärtlich angeblickt? Wenn sie ihn von der Höhe der Wälle herab anflehten und dabei die Brüste entblößten; oder wenn man sie, am Abend nach der Schlacht, in Gruppen zum Lager des Prokonsuls brachte: hatte ihn jemals die mindeste Regung des Mitleids gepackt, ein Augenblick der Begierde für die hübscheste und unglücklichste? Dabei waren sie ihm auf Gnade und Ungnade ausgeliefert, und sie spürten sehr wohl ihren Herrn in diesem kahlen, kleinen Mann mit dem glattrasierten Gesicht! Wie oft hatte Joanny sich Szenen dieser Art ausgemalt ...

Nun gut, auch er war, wie Cäsar, dazu bestimmt, von den Männern bewundert und von den Frauen geliebt zu werden. Es war seiner unwürdig, wiederzulieben und seinerseits zu bewundern. Oder vielleicht, ja, vielleicht könnte er lieben, aber nur eine Gefangene, das heißt eine gedemütigte flehende Frau, die einem zu Füßen liegt und einem ängstlich die Hände küßt. Gewiß, aber eine solche Frau, wo findet man sie noch außer in den Romanen, die in den Kolonien spielen?

Da Léniot keine Schwester hatte und nur selten mit jungen Mädchen zusammenkam, empfand er eine instinktive Furcht vor den mokanten Schönen, die den schüchternen und feierlichen Stolz der jungen Männer auf so harte Proben stellen. Für einen Knaben, der sich nur mit Männern wie Franklin oder Julius Cäsar vergleicht, ist es ein schwerer Schlag, wegen einer Ungeschicklichkeit beim Servieren des Tees, oder wegen des zu grellen Grüns seiner neuen Krawatte ausgelacht zu werden. Rachsüchtig hütete er die Erinnerung an solche Gelegenheiten, wo er lächerlich gewesen war und wo große, schnippische junge Mädchen sich über ihn lustig gemacht hatten, kleine Gänse, Provinzschäfchen mit bäurischer Aussprache . . . Doch die Erinnerung an ihre Aussprache genügte nicht, die Nadelstiche zu rächen, die sie Léniots Eigenliebe beigebracht hatten. Nein – und je näher er seinem sechzehnten Jahr kam, desto mehr festigte sich seine Überzeugung –, was ihn wahrhaft rächen, was seine Stellung, seine Haltung den Frauen gegenüber endgültig wiederherstellen würde, war *eine Verführung*. Dadurch würde er zunächst einmal selbst aus einem Knaben zu einem Mann werden, und dann könnte er sicherlich auch ohne Erröten auf die noch unwissend gebliebenen *kleinen Gänschen* zutreten. Und weiter: Er würde auf diese Weise eine neue Art Triumph kennenlernen, er würde wissen, was ein Mann empfindet, dem eine Jungfrau ihre Skrupel, ihre Schamhaftigkeit, ihre unschuldigen Jahre opfert. Und verrät eine Frau, die sich hingibt, nicht ihr ganzes Geschlecht? Ja, eine von ihnen verführen! Wie stark klopfst du, Erobererherz, bei diesem Gedanken!

Derartigen Träumen ging Léniot nach, während er im Park zum Nachtisch seine Zigarette rauchte. Und genau in diesem Augenblick erschienen Mama Dolores und die jungen Kolumbianerinnen in einer Biegung der Allee. Léniot beeilte sich, zu ihnen zu stoßen, und indem er sie begrüßte, sah er Fermina mit hartem Blick an, wie man einen Feind ansieht. Denn soeben war ihm der Gedanke gekommen: Warum solltest nicht du es sein?

Diese Kühnheit traf ihn selbst wie ein Schlag, sein Blut schien ihm zum Herzen zurückzuströmen. Dieses Mädchen war so schön, so eindrucksvoll in seiner Anmut, so königlich jung, daß er es nie wagen würde, die Verwirrung zu zeigen, in die dieser Anblick ihn stürzte. Dann aber gewann sein Wille ebenso plötzlich wieder die Oberhand, und heißer, wie elektrisiert, floß sein Blut durch die Adern. Oh, er würde es wagen, man sollte schon sehen! Und er ging dicht an ihrer Seite. Alles, was er sich zu erfüllen vornahm, stand vor seinem inneren Auge. Aufmerksam maß er die Entfernung ab, die ihn vom ersten Kuß trennte. Und schon wieder verließ ihn aller Mut. Immerhin, man brauchte nichts zu übereilen. Doch es gab da ein Hindernis, das eine zitternde, sich bäumende Schüchternheit nicht überspringen wollte. Nicht etwa, daß er gefürchtet hätte, als der Rivale Santos Iturrias aufzutreten. Im Gegenteil, selbst wenn es mit einem Kampf endete, in dem er, Léniot, zweifellos besiegt würde, bliebe ihm die sehr große Ehre, als einziger gegen den Helden des Internats aufgestanden zu sein ... und ausgerechnet wegen einer Frau. Und er befürchtete auch nicht etwa, man könne ihn um seines Alters willen als Kind behandeln und verachten; schließlich war Fermina Márquez kaum ein Jahr älter als er. Wo also war dieses

Hindernis, wenn nicht in seiner Schüchternheit selbst? Und doch fehlte es ihm nicht an Mut. Es kam vor allem darauf an, den Anfang zu finden, das konnte doch nicht so schwer sein; selbst bei den klassischen Autoren empfinden die Helden keinerlei Hemmung, ihre Liebe zu erklären. Und Santos und Ortega und andere Schüler der höheren Klassen gingen oft in die Wäscherei, um die kleinen Wäscherinnen, eine nach der anderen, zu küssen. Gewiß, das waren auch nur Waschfrauen. Aber Pablo hatte eines Morgens im Schlafraum damit geprahlt, es sei ihm gelungen, beim letzten Elternabend den eingeladenen jungen Mädchen, jawohl, unter der Nase von Papa und Mama Billets doux in die Hände zu schieben. Eine von ihnen hatte sogar geantwortet – mehr durfte man als Kavalier nicht sagen.

Sie hatte geantwortet.

»Warum also sollte ich zaudern?« dachte Joanny Léniot.

9

Er wartete auf die abendliche Arbeitsstunde, das Ende seines emsigen Tages, um auf all dies zurückkommen und Ordnung in seine Gedanken bringen zu können, um die Festigkeit seiner Entschlüsse zu prüfen. Gerade an diesem Abend hatte man die Aufsicht über die Schularbeiten, und zwar zum ersten Mal, einem jungen Repetenten übertragen, Herrn Lebrun, der vor einer Woche in die Dienste der Schule getreten war. Man macht sich nur schwer eine Vorstellung von der Unruhe und Nervosität eines jungen Aufsehers zu Beginn seiner Tätigkeit, man kann ihm diese Art von Schwindel kaum nachfühlen, der ihn ergreift, wenn er da ganz allein, mit dem Rücken zur Wand an einem Pult sitzt, etwas höher als die vierzig Lausbuben zwischen fünfzehn und siebzehn Jahren ihm gegenüber. Herr Lebrun nun war besonders aufgeregt. In den unteren Klassen hatte man ihn bereits mit fürchterlichem Lärm überwältigt, und eben darum hatte er um die Aufsicht über eine ernsthaftere Schülergruppe gebeten, um diese hier, die alle Sekundaner und einen Teil der Prima umfaßte. Léniot glaubte, dieser neue Aufseher werde es nicht wagen, seinen Müßiggang zu stören; die Arme bequem auf sein Pult gestützt, konzentrierte er sein Denken auf die Angelegenheit, die ihn seit ein paar Stunden so sehr beschäftigte.

Vor allem gab es da diese Schüchternheit, die überwunden werden mußte. Doch es war schon keine Schüchternheit mehr; es war Schrecken. Ein Schrekken, der ihn völlig blendete, ihn die schönsten Gelegenheiten zum Sprechen oder Handeln versäumen ließ. Er bedauerte, nicht richtig verliebt zu sein; vielleicht würde ihm diese Eroberung dann keine Mühe machen. Doch vor der Schwierigkeit der Aufgabe verging jedes Gefühl von Zärtlichkeit oder Zuneigung, und der Gedanke an Fermina Márquez reizte ihn auf, ja wurde ihm qualvoll und demütigend. Geduldig, wie man ein Pferd immer wieder an das Hindernis heranführt, vor dem es scheut, führte Joanny seinen Willen vor dieses Bild Fermina Márquez', das er in seinem Inneren sah, und das ihm schließlich unerträglich wurde.

»Hallo, Sie dort, arbeiten Sie nicht?«

»Ich, Monsieur?« sagte Léniot erwachend.

»Ja, Sie! Ihren Namen, bitte!« Und Herr Lebrun suchte seiner Stimme einen festen Klang zu geben.

»Léniot.«

»Nun gut, Herr Léniot, darf ich Sie bitten, zu arbeiten.«

Herr Lebrun strengte sich an. Bei den Kleinen hatte er abgewartet, bis man ihn provozierte; hier gedachte er, sich Respekt zu verschaffen, indem er die Offensive ergriff. Unaufhörlich rief er irgend jemanden zur Ordnung, und da er keine Ahnung hatte, ob es sich um einen guten Schüler oder einen faulen handelte, rügte er Schüler, die man nicht gewohnt war, als Faulpelze behandelt zu sehen. Und Léniot, der an diesem Abend wirklich seinen Gedanken nachhing, hielt er für das schwarze Schaf der Klasse. Joanny zuckte mit den Achseln und vertiefte sich wieder in sein Problem ... Welches waren die Ursachen dieser Schüchternheit?

Die wichtigste war zweifellos das Bewußtsein – seine Mutter und alle übrigen Damen der Familie hatten es ihm ständig eingeflößt –, das Bewußtsein des grundlegenden Unterschieds, der auf ewig die anständigen Frauen von den anderen trennt. Das waren sozusagen zwei verschiedene Geschlechter. Das eine achtete man; was das andere betraf, so *bezahlte man es,* damit war alles gesagt. Bei seiner Mutter und den bürgerlichen Frauen ihres Umgangs stand diese Meinung endgültig und absolut fest. Bei ihm hingegen hatte sie durch das, was er im Internat lernte, begreiflicherweise eine Trübung erfahren. Denn diese durchaus bürgerliche Unterscheidung ist den großen Dichtern unbekannt; sie verherrlichen ebenso die schuldigen wie die tugendhaften Frauen. Ihre Heldinnen suchen sie sogar mit Vorliebe unter jenen Frauen, die durch ihre Leidenschaften und Zügellosigkeiten berühmt geworden sind: Medea, Dido, Phädra. Zuweilen unterhielt Joanny sich damit, zwischen diesen großen Liebenden und den Damen, die bei seiner Mutter zum Tee kamen, groteske Parallelen zu ziehen. Die Kennzeichen der anständigen Frau waren Häßlichkeit, Dummheit und üble Nachrede. Die andere, die verachtete Frau dagegen war schön, geistvoll und großzügig. Ohne Zweifel hatte der Mann früher Zeiten, das Männchen, in seinem eigenen Interesse diese Unterscheidung gefällt und sie seiner Gefährtin aufgezwungen. Daher glich das schöne Geschlecht unter der Herrschaft des Mannes einer gut geführten und so wirksam geschulmeisterten Herde, daß sie schließlich dahin gelangt war, ihre eigene Polizei zu bilden und in freier Aufwallung jedes unbeugsame Haupt, jedes räudige Schaf aus der Gemeinschaft zu verjagen. Joanny fragte sich nicht, ob dieses Gesetz gerecht oder ungerecht sei, noch, ob sich die Frau ihm gern unterordne; er stellte nur fest, daß sie dieses Gesetz befolgte, verblendet und zum Narren gehalten von ihrem ewigen Meister, dem geizigen Besitzer aus patriarchalischen Zeiten, dem römischen Gatten *cum manu.* Im Grunde war der Unterschied gar nicht groß: Die einen stehen, wie man sagt, unter der Aufsicht der Sittenpolizei, und die anderen, meine Mutter und ihre Freundinnen etwa, stehen unter der Aufsicht ihrer Männer; das ist alles. – Mit dieser Formulierung war Joanny sehr zufrieden; es erfüllte ihn mit Stolz, als Fünfzehnjähriger derartige Gedanken zu haben, die ihm originell und gewagt erschienen. Gleichzeitig ergriffen ihn die alten Skrupel seiner frommen Kindheit, und er warf sich vor, diese Gedanken könnten es an Achtung vor seiner Mutter fehlen lassen. – Wie dem auch sei, die Vorstellung von der anständigen Frau hatte bei Léniot starke Einbuße erleiden müssen. Aber sie war noch vorhanden, als Unterscheidung zwischen zwei Arten der Erziehung. Hierauf beschränkten sich bei letzter Prüfung alle Verschiedenheiten. Es gab die Frauen *comme il faut* und die anderen. Und was den jungen Mädchen in seinen Augen ihren Reiz verlieh, war eben, daß sie eine dritte Gruppe bildeten. Ihnen blieb noch die Wahl offen zwischen Laster und Tugend, und vom Laster wie von der Tugend liehen sie sich Reize. Fermina Márquez war ein junges Mädchen; und genau das war es, was Joanny vor allem in Verwirrung stürzte; bei einer jungen Frau, so glaubte er, hätte er alles gewagt. Nun gut, ein Grund mehr, um die Verführung der kleinen Amerikanerin in Szene zu setzen.

Gewiß, es war auf jeden Fall besser, daß er sich überhaupt nicht verliebt hatte. Um nichts in der Welt durfte er den läppischen Sentimentalitäten verfallen, als da sind: das Wiederkäuen schlechter Romanphrasen; der Versuch, ein Sonett zu dichten, bei dem eine mehr oder minder genaue Kopie einer berühmten Vorlage herauskommt; man verliert sich in Träumereien, und das Ergebnis von alldem ist nur verlorene Zeit. Nein, Joanny mußte an diese Verführung mit all seiner methodischen Geduld, mit seinem hartnäckigen Eifer des guten Schülers herangehen. Es kam darauf an, kühl zu berechnen, die Ereignisse zu beobachten, die Gelegenheiten zu ergreifen ...

Unterdessen braute sich in der Klasse ein Sturm zusammen. Völlig närrisch geworden, ließ Herr Lebrun seine Ermahnungen nicht mehr abreißen. Joanny hörte, wie sein Nachbar flüsterte: »Dieser Idiot läßt einen nicht einmal in Ruhe arbeiten.«

»Herr Léniot, Sie bestehen darauf, nichts zu tun?« fragte Herr Lebrun aggressiv.

»Monsieur, ich meditiere«, erwiderte Joanny. Die ganze Klasse brach in Gelächter aus. Sie faßte Mut, als sie mitanhörte, wie der beste Schüler den Pauker verspottete. Ein Stimmengewirr wuchs von Bank zu Bank.

»Herr Zuniga, wann werden Sie aufhören, mit Ihrem Nachbarn zu sprechen?« rief der Aufseher.

»Ich bitte Sie, Herr Montemayor!«
»Yo? Isch bien ganz artisch, isch, Mossieur.«
»Also dann Sie, ja, Sie dort. Wie ist Ihr Name, bitte?«
»Juan Bernardo de Claraval Marti de la Cruz y del Milagro de la Concha.«
Das Gelächter wurde zum Gebrüll.
Dieser Lärm erregte Joanny, er empfand den Wunsch zu kämpfen, war plötzlich von einer Kühnheit, vor der ihm seine Schüchternheit gegenüber Fermina Márquez lächerlich schien. Er stellte einen ganz einfachen Verführungsplan auf. Zunächst wollte er einen schönen Brief voller Achtung und Zärtlichkeit schreiben, etwa in der Art des Briefes, mit dem die *Nouvelle Héloise* beginnt. Doch dann meinte er, eine kurze Nachricht wäre besser. Schließlich beschloß er, überhaupt nicht zu schreiben, sondern sich einfach als Freund vorzustellen, als Freund der ganzen Familie Márquez. Dafür war es unerläßlich, das Vertrauen Mama Dolores' zu gewinnen. Und zu diesem Ziel mußte er der Freund und Beschützer ihres Neffen werden.
Der kleine Márquez, ein verzogenes Kind, benahm sich auch wirklich sehr ungeschickt im Umgang mit seinen Mitschülern. Er sah Saint-Augustin als Hotel an (wenn es auch sehr viel weniger luxuriös war als die englischen und französischen Hotels, in denen er seit seiner Abreise von Bogotá gewohnt hatte), immerhin als Hotel, in dem man bedient wurde und wofür man bezahlte. Zudem gab Mama Dolores ihm zu viel Taschengeld. Anstatt die Streitlustigen mit Faustschlägen zu empfangen, verteilte er Leckereien an sie – in der

Hoffnung, dann ließe man ihn in Ruhe. Unglücklicherweise erzielte er damit ein ganz anderes Ergebnis. Die Kampfhähne kehrten nun erst recht zu ihm zurück. Da behandelte er sie als Bettler und Lumpen und prahlte mit den Reichtümern seines Vaters. »Wir sind nach Southampton auf einem eigenen Schiff gefahren«, schrie er stolz. Bis man ihn schließlich eines Tages unter die Pumpe auf den Hof zerrte und ihn duschte. Mama Dolores beklagte sich beim Studienpräfekten. Die Duschbrüder des kleinen Márquez kamen in Quarantäne. Kein Schimpf blieb ihm erspart. Den größten Teil seiner Nächte verbrachte er damit, seine Schluchzer unter dem Kopfkissen zu verstecken. Schon war er beträchtlich abgemagert. All dies konnte Léniot in einigen Tagen beseitigen. Er würde es tun. Das war das wahre Mittel, sich in diese Familie einzuschleichen. Später würde man ja sehen . . . Noch zweieinhalb Monate waren es bis zu den großen Ferien.
Voller Freude stand Joanny auf. Er empfand eine Art heiterer Ungeduld, die er erst einmal erlebt hatte: am Vorabend seiner Abreise nach Italien, in den letzten Osterferien. Er konnte nicht still an seinem Platz bleiben; am liebsten hätte er gesungen. Ohne Herrn Lebruns Erlaubnis einzuholen, ging er zur Klassenbibliothek, griff nach dem großen Schulatlas und suchte die Karte von Kolumbien.
»Herr Léniot, Sie erhalten einen Tadel, da sie sich ohne Erlaubnis vom Platz gerührt haben.«
Joanny lächelte verächtlich. Mit Sorgfalt studierte er die geographische Beschaffenheit der kolumbianischen Republik, als plane er eine Reise in dieses Land.

Der wichtigste Hafen, der sich nach den Kleinen Antillen zu öffnete, hieß Cartagena; von hier aus mußte sie aufgebrochen sein.
Die Klasse war einen Augenblick verstummt, voll Erstaunen, daß der beste Schüler, zum erstenmal, einen Tadel erhielt. Neugierig beobachtete man Léniots Gesicht. Doch Herr Lebrun ging noch weiter. Er verteilte Tadel nach links und rechts. Und der Lärm verdoppelte seine Heftigkeit. Pablo Iturria hob im Hintergrund des Klassenraumes, wo sein Platz war, den Deckel seines Pultes und ließ ihn mit gewaltigem Krach wieder niederfallen, wobei er den Aufseher anbrüllte:
»Calla, hombre, calla!«
Joanny lächelte noch immer, als er zu seinem Pult zurückkehrte. Er war erfüllt von Selbstvertrauen. Vor allem hatte er das Gefühl der Sicherheit, was auch kommen mochte. Er sagte sich: Selbst wenn man das Schlimmste annimmt – mein Vater wird mir nie einen Vorwurf daraus machen, daß ich die Tochter eines Millionärs verführt habe. Es war ihm, als sei das ganze Leben, das vor ihm lag, ein unerschöpflicher Vorrat an Erfolg und Glück.
»Darf ich Sie darauf aufmerksam machen, Herr Léniot, daß ich Ihrem Tadel einen Bericht an den Studienpräfekten hinzufügen werde?«
Die nervöse Fröhlichkeit, die Joanny bis jetzt getragen hatte, fiel plötzlich in sich zusammen: Tadel und Bericht, das bedeutete für ihn Ausschluß von der Ehrentafel, eine Stunde Nachsitzen und am Ende den Verlust des Großen Preises, den Ruin seiner Schulkar-

riere! Nein, das war nicht möglich! Er nahm sich zusammen. Jetzt mußte gehandelt werden.
Er gehörte einer berühmten Generation an. Sie würde denen, die jetzt die unteren Klassen bevölkerten, die Erinnerung an unerreichbare Kühnheit und Männlichkeit hinterlassen. Was er nun tun wollte, würde seinen Namen neben den der beiden Iturria stellen, neben Ortega, neben die glorreichsten Repräsentanten dieser glänzenden Generation. Wenn er aber keinen Erfolg hatte, würde er in aller Augen als ein Verräter dastehen, mit dem man nichts zu tun haben will – oder nein, er würde ganz einfach aus der Schule gewiesen werden. Keinen Augenblick dachte er daran, daß er vielleicht die Laufbahn Herrn Lebruns ruinieren, seine Entlassung durch die Schulbehörde bewirken könnte.
Er gab folgende Parole aus: »Hört nicht auf mit dem Lärm; ich hole den Studienpräfekten.«
Dann ging er hinaus, ohne die sarkastische Bemerkung, die der Aufseher ihm, am Ende seiner Geduld, nachrief, einer Antwort zu würdigen:
»Sie warten gar nicht erst ab, daß man Sie vor die Tür setzt, nicht wahr? Sie gehen ganz von selbst; Sie scheinen es gewohnt zu sein.«
Léniot überquerte den Hof, den Park, und läutete am Tor der kleinen Villa, die der Studienpräfekt mit seiner Familie bewohnte. Vor diesen obersten Herrn des Internats geführt, erzählte er, was in der Arbeitsstunde unter dem neuen Aufseher vor sich ging. Es handelte sich hier um eine sehr ordentliche Klasse; nie hatte man Grund gehabt, sich über sie zu beklagen. Einzig Herr Lebrun hatte diese Verwirrung gestiftet.

Der Herr Studienpräfekt lauschte ernst Joannys Plädoyer. Dies war ein ungewöhnlicher Schritt. Und der ihn auf sich nahm, war einer der besten Schüler der Anstalt. Noch zögerte der Herr Studienpräfekt, ein endgültiges Urteil zu fällen. Er wollte sich mit eigenen Augen überzeugen, also folgte er Léniot. Und Léniot führte, wie er es versprochen hatte, den Studienpräfekten in die Klasse. Das war schon mehr als halb gewonnen. Bei ihrem Eintritt war die ganze Klasse auf den Beinen und vollführte einen ungeheuren Lärm.
Plötzliche Stille. In Gegenwart seiner Kameraden und vor den Augen Herrn Lebruns beginnt Léniot noch einmal seine Anklage gegen den jungen Lehrer. Er spricht mit gemäßigter, wenn auch durchaus fester Stimme, und der Herr Studienpräfekt unterbricht ihn nicht. Von Zeit zu Zeit erhebt Herr Lebrun Einwände, doch sie klingen nicht eben glücklich:
»Der jüngere Herr Iturria hat mich auf Spanisch beleidigt.«
»Sie lügen!« schreit Pablo zurück.
»Sie haben uns eben gerade Lausejungen genannt!« ruft ein Schüler.
Léniot kommt zum Schluß:
»Herr Lebrun ist durch den Mißbrauch, den er mit Tadeln und Ermahnungen trieb, die einzige Ursache der Unordnung. Wir überlassen Ihnen, Herr Studienpräfekt, die Mühe, ihm das begreiflich zu machen.«
Der Herr Studienpräfekt ist in größerer Verlegenheit, als er zeigen darf. Er sieht deutlich, daß hier die Gemüter erregt sind.
»Meine Herren«, sagt er, »ich bin gekommen –«

Beifall unterbricht ihn. Es ist ein diskreter, kurzer Beifall, in dem Achtung, Dankbarkeit und Vertrauen zum Ausdruck kommen.

Um nichts in der Welt hätte sich der Studienpräfekt in einen Streit mit seinen amerikanischen Zöglingen eingelassen, die er – freilich nur im engsten Familienkreis – »meine Toreros« zu nennen pflegt. Von seinen ersten Worten an weiß man, daß er sich entgegenkommend und voller Nachsicht zeigen wird.

Die Schüler der Sekunda und Prima sollten sich schämen, sich wie kleine Sextaner aufzuführen ... Herr Iturria der Jüngere sollte wissen, daß es sehr unhöflich ist, jemanden in einer Sprache anzureden, die dieser nicht versteht ... Herr Lebrun hat mit Recht strenge Maßregeln ergriffen ... Im übrigen war es von Herrn Léniot wohlgetan, von seiner Autorität als Primus Gebrauch zu machen und ihn, den Studienpräfekten, über die Geschehnisse zu unterrichten. Von jetzt an, dessen ist er ganz sicher, wird hier beste Disziplin herrschen. Herr Lebrun ist ein ausgezeichneter Mensch, ein Arbeiter und überhaupt eine geistige Kraft ersten Ranges; er, der Studienpräfekt, hofft, daß sich eine gewisse Sympathie zwischen Lehrer und Schülern entwickeln wird. Und das sehr bald, daran zweifelt er keinen Augenblick ...

»Übrigens bleiben den Schülern der Prima nur noch zwei Monate bis zur Abschlußprüfung; sie werden gut daran tun, gewissenhafter als je zuvor zu arbeiten ... Die Tadel und Strafen, die Herr Lebrun eingetragen hat, bleiben selbstverständlich bestehen, aber es steht Herrn Lebrun frei, sie am Ende der Woche zu lö-

schen, falls ihn das Betragen der Schüler zufriedenstellt ... Damit ist die Angelegenheit erledigt.«
Der Herr Studienpräfekt drückt Herrn Lebrun die Hand, nimmt ihn für einige Sekunden auf den Flur hinaus, und entfernt sich.
Herr Lebrun sieht mit Erstaunen, daß sich seine Schüler beruhigen. Die guten Worte des Studienpräfekten haben den großen Wechsel zustande gebracht. Seine Niederlage vor der Klasse ist dadurch nicht geringer geworden. Nach der Schulordnung hätten alle nachsitzen müssen, die Anführer wären in Arrest gesetzt und Léniot einem Disziplinarverfahren unterzogen worden. Tadel und Strafen werden gelöscht, das ist einmal sicher. Ein paar besonders hartnäckige Übeltäter bedauern vielleicht, daß der Lärm so schnell ein Ende genommen hat. Doch die meisten sind mit Léniots Intervention sehr einverstanden.
Noch schwebt Staub im Klassenzimmer, der Staub nach der Schlacht, und reizt die Augen. Stehend, neben seinem Platz, faßt Joanny in wenigen Worten den Zwischenfall zusammen, spielt auf die konziliante Rede des Studienpräfekten an, und dann streckt er Herrn Lebrun die Hand hin, worauf dieser sich beinahe entschuldigt. Es wird heute abend nur gute Noten geben! Auch Pablo nähert sich jetzt dem Lehrerpult und beseitigt in einem kurzen, mit leiser Stimme geführten Gespräch die Unstimmigkeiten.
Joanny Léniot liest in allen Augen seinen Triumph. Der Herr Studienpräfekt mochte ruhig sein ungewöhnliches Einschreiten als Rüffel tarnen; niemand hat sich dadurch täuschen lassen. Es ist ein großer

Erfolg: die Amerikaner äußern höchsten Beifall. Doch die Hauptsache ist, daß Joanny keinen Tadel erhält, der seinen Namen von den Ehrentafel verschwinden lassen würde. Wie ein Spieler, der seine Börse bis zum letzten Geldstück eingesetzt und schließlich gewonnen hat, ist er ein wenig verblüfft, zu glücklich, als daß er dieses Glück gleich spüren könnte.

Nach einem solchen Schlag erscheint ihm alles leicht! Wenn sie da wäre, hätte er ihr bereits seine Liebeserklärung gemacht. Aber noch einmal: es hat keine Eile. Eine Verführung ist ein Werk, zu dem Methode und Geduld gehören, tiefe Berechnung. »*Das* und der Große Preis«, wahrlich ein schönes Ende für ein Schuljahr! . . .

Der Trommler rief alle Schüler ins Refektorium; nach dem eilig eingenommenen Essen wiederum eine Viertelstunde in den Klassen, und nach dem gemeinsamen Gebet verkündete die Trommel, daß es Zeit war, schlafen zu gehen. Das Stimmengewirr der Schüler stieg zu den Schlafsälen empor, erfüllte Treppen und Gänge. Joanny wartete auf den Vorbeimarsch der Quintaner. Denn die unteren Klassen defilierten vor den größeren Schülern, die an der Wand vor ihren Klassenzimmern standen und erst als letzte nach oben gingen. Im Getrappel der Schritte und dem Klang ihrer Stimmen kamen die Kleinen vorbei, in dichten Reihen, lebhaften Ganges und mit großen Augen, die hier und da aus dem Schatten hervorleuchteten. Scherze, Lächeln herüber und hinüber, das »gute Nacht« der Kinder an die Großen; dies war der einzige Augenblick des Tages, an dem man wahrhaft sanft und gut war. Als die Quintaner vorüberzogen, mischte Léniot sich in ihre Reihen und folgte dem kleinen Márquez, der an der Spitze marschierte. Auf der Treppe gab es ein plötzliches Gedränge, jemand überholte Márquez, stieß ihn roh zurück und brachte ihn zu Fall. Da konnte Léniot nähertreten, er half ihm beim Aufstehen und hielt ihm seine Mütze hin, die auf die Stufen gerollt war. Márquez ergriff die Mütze, stammelte einen Dank und kletterte weiter.

»Y el panuelo también«, sagte Léniot, indem er ihm das Taschentuch reichte, das er soeben aufgehoben hatte.

Zum erstenmal sah der kleine Márquez Léniot an. Und das war ein Blick voller Erstaunen. Er versuchte ein trauriges Lächeln. Da zögerte Joanny nicht länger; er nahm seine Hand, beugte sich über ihn und küßte ihn. Márquez wehrte sich, wollte sich losmachen, sein Stolz lehnte sich auf. Aber ihm war seit seinem Eintritt ins Internat so viel Härte, ja so viel Grausamkeit begegnet, daß dieser Zärtlichkeitsbeweis – noch dazu von einem *Großen* – all seine Tapferkeit, seine wilde Ergebung ins Leiden zum Schmelzen brachte. So ließ er sich gehen, legte seinen Kopf gegen die Brust dieses Freundes, und löste all seine Schmerzen in Tränen auf.

Indessen stiegen sie beide, derart umschlungen, weiter die Treppe hinauf, mitten in der Menge der anderen Schüler. Léniot suchte nach geeigneten Worten für diese Lage, fand aber keine. Triumphales Glück beherrschte ihn. Er genoß seine Gelassenheit, die Vollendung, mit der er diese Rolle eines Trösters spielte.

Er überlegte, was wohl geschehen würde, wenn er plötzlich, das Kind dicht an sein Herz gedrückt, in Lachen ausbräche. Das also war *die Seelenruhe mitten im Verbrechen.* O ja, er hatte gut gespielt. Worte würden alles verderben. Er fühlte sich über alle gegenwärtigen Dinge erhaben und hatte nur Verachtung für diesen Jammer, den er besänftigte. Er dachte: Und wenn uns *seine Schwester* sähe? Und ihn begeisterte die Dürre seines Herzens.

An der Tür des Schlafsaals der Quinta küßte Léniot Márquez noch einmal, drückte die kleine glühende Hand und murmelte wie selbstverständlich: »Auf Morgen, Paquito.« Niemand hatte sie bemerkt.

Es war ihm zur Gewohnheit geworden, sich allabendlich vor dem Einschlafen seine Worte und Handlungen des verflossenen Tages ins Gedächtnis zurückzurufen und sie abzuwägen. Er prüfte sie kühl und suchte nicht nach Entschuldigungen. Nun gut, an diesem Abend stellte er fest, daß weniger Grund zur Zufriedenheit war, als er zunächst geglaubt hatte. Sein Eingreifen in die Verwirrung der Arbeitsstunde war nicht die heroische Tat, als die sie ihm vorher erschienen war. Es gab darin, ohne daß er genau hätte bezeichnen können, an welchem Punkt, etwas von Heuchelei. Bestimmt hätten die Iturria mit ihrem unfehlbaren Gefühl für Schülerehre nicht ganz auf diese Weise gehandelt. Schließlich hatte er in seinem eigensten Interesse, um nämlich einen verdienten Tadel zu beseitigen, all seine Kameraden der Gefahr schwerer Strafe ausgesetzt. Zum Glück war alles gut gegangen. Aber auf jeden Fall hatte er dem Studienpräfekten eine

üble Seite seines Charakters enthüllt. Denn die Ansprache des Präfekten enthielt, wenn man sie genau in ihren Wendungen überprüfte, sehr viel mehr Feinheiten, als einem zuerst aufgefallen war. Gewiß, der Studienpräfekt hatte mit einem Schlage gesehen, welch niedrige Unverschämtheit auf dem Herzensgrunde dieses *Musterschülers* schlummerte. Ach, verflixt! Von jetzt an wird er mich genau unter die Lupe nehmen!
Doch was bedeutete es Joanny schon, die Verachtung dieses Mannes verdient zu haben, wenn sie sich nicht als Hindernis seinen Erfolgen in der Schule entgegenstellte. Er bedauerte lediglich, die Heuchelei nicht bis zu dem Punkt vorgetrieben zu haben, wo sie unsichtbar wird. Er spürte, daß er ohne Gewissensbisse eine schändliche Tat auf sich nehmen würde, falls diese nötig wäre, ihm den Großen Preis zu erhalten. Unzufrieden damit, in sich selbst keinen vollkommen aufrechten Charakter vorzufinden, stürzte er sich in das gegenteilige Extrem und sah in sich, ohne Mißvergnügen, einen Schurken aus der Theaterkiste.
Doch der Gedanke an Fermina Márquez gab dem Lauf dieser Gewissenserforschung eine andere Richtung. Der Gedanke an die Ferminita ist der schönste Gedanke, den man haben kann. Und dann kommt gleich der Wunsch, von der Ferminita geliebt zu werden. Doch es genügt schon, sie zu sehen, oder vielmehr, sie zu kennen oder gekannt zu haben – damit ein ganzes Dasein sich verklärt. Dampfer überqueren den Atlantischen Ozean. Später, wenn wir erst Männer sind, werden wir nach Südamerika fahren. Wir werden dort alle Frauen sehen mit unseren Augen, die

einst Fermina Márquez sahen. In einem Sprichwort heißt es, die Frauen aus Lima seien die zärtlichsten von allen; und es gibt auch die Volkslieder der argentinischen Republik, wie zum Beispiel *Vidalita,* so voller Liebesverzweiflung . . . In diesem Augenblick, wo Joanny kühl seine Chancen abwägt, genügt allein die Idee, daß du lebst, Fermina, um alle kleinen Knaben zu trösten, die mit schwerem Herzen zu Bett gegangen sind, weil man sie zum erstenmal bestraft hat, oder weil ein stärkerer Kamerad sie tyrannisiert . . . Und es ist auch ganz sicher, daß alle Strophen der argentinischen Romanzen und der Habaneras für dich geschrieben worden sind.

Als andern Tages während der ersten Pause der kleine Márquez sich ihm näherte, lernte Léniot kennen, was ein junger Mann empfindet, wenn ihn ein Kind, sein Freund, von ganzem Herzen liebt. Aber schließlich hatte er eine Rolle zu spielen, und er verschmähte es, sich rühren zu lassen. Ein paar gutverteilte Püffe stießen Márquez' Verfolger zurück. Zwei Wochen später sah Joanny sich, infolge jener Ereignisse, die wir weiter oben berichteten, im Besitz der gesamten Zuneigung und des gesamten Vertrauens, das Mama Dolores einem Fremden entgegenzubringen vermochte; er war der einzige Gefährte der Familie während ihrer Promenaden im Park von Saint-Augustin; und, sehr bald schon, der einzige Vertraute von Fermina Márquez.

10

Nur kurze Zeit, und Mama Dolores ließ die jungen Leute unter sich; sie wurden ihr langweilig. Langsam schritt sie dahin zwischen Pilar und ihrem Neffen, rauchend und ziemlich schweigsam. Zu Joanny und Fermina hatte sie gesagt:
»Ihr werdet französisch sprechen, nicht wahr? Es ist unerläßlich, daß die Chica es fehlerlos sprechen lernt.«
Mit Vergnügen erfüllte Joanny diesen Wunsch. Wenn er in seiner Muttersprache redete, hatte er zweierlei vor seiner Partnerin voraus: Er konnte seinen Worten die feinsten Nuancen abgewinnen, und er konnte sie auf Fehlern ertappen. Sie hinwiederum, auf einen begrenzteren Wortschatz angewiesen, würde ihre Gedanken naiver aussprechen.
Der erste Tag war in sich selbst schön wie ein Abenteuer. Und so fieberhaft erregt und so froh, so froh vor allem, daß Joanny am Abend von jener schweren und unbestimmten Traurigkeit erfüllt war, die festliche Tage abzuschließen pflegt, oder Ausflüge, bei denen man einen ganzen Nachmittag lang zu viel gespielt und gelacht hat. Während einiger glänzender Stunden war er aus sich herausgetreten, und jetzt kehrte er in seine Seele heim wie ein Mann, der, nachts aus dem Theater zurückkommend, sein dunkles und leeres Haus betritt. Der Ort, von dem er kam, leuchtete so sehr, daß er in seinem Alltagsleben nichts mehr erkannte. Da war ein Augenblick des Zögerns – er fand das nicht wieder, was sich früher so eng mit seinem Leben verknüpft hatte; seine Interessen interessierten ihn nicht mehr.

Er wollte ein Übersetzung aus dem Griechischen aufnehmen, die er begonnen hatte; es war ein Gedicht von Tyrtäus, so schön, daß die französischen Alexandriner sich wie von selbst den griechischen Versen anboten. Griechische Übersetzungen, überhaupt alle Hausaufgaben, haben jede ein besonderes Gesicht; nicht auf den Text selbst kommt es an, sondern auf die Art, wie er sich einem darbietet und wie man ihn übersetzen wird. Joanny blickte seiner Übersetzung gerade ins Gesicht und erkannte sie nicht wieder. Wie hatte er sich für dieses Gekritzel begeistern können? Selbst da, wo er etwas durchgestrichen hatte, war dies mit Liebe geschehen. Und jetzt war es ein wertloses Stück Papier, ein Zettel. Mit einem Mal kam Joanny das Sinnlose dieser Aufgaben zum Bewußtsein: die Entwürfe in die Kladde, und die Reinschriften! Endlosen Zuges verschwanden sie ins Nichts! Wieviel Stunden hatte er damit verbracht, sie anzufertigen, wieviel Mühe verschwendet! War es möglich, daß nichts davon übrigblieb? Zum ersten Mal gewahrte Joanny das Vergebliche seiner Mühe. Und begriff die höhere Weisheit der Trägen. Sein Ehrgeiz erschien ihm an diesem Abend so überholt. Er nahm die Übersetzung des Tyrtäus auf, aber ohne Begeisterung, wie eine Pflicht, um sich wieder an sein Leben zu gewöhnen. Er hatte keinen bestimmten Grund zur Trauer; es war, als habe er alles Glück erschöpft, das er in sich trug, und auf dem Grunde Traurigkeit gefunden.

Nein, er hatte keine Ursache zur Trauer, im Gegenteil. Freilich, es war da eine Enttäuschung. Fermina Márquez war nicht so, wie er sie sich vorgestellt hatte; die jungen Mädchen überhaupt waren nicht so, wie er sie sich vorgestellt hatte. Er war auf Fermina Márquez zugegangen wie auf einen Feind, voller Schrecken, und zugleich voll Tapferkeit. Und der Feind war ihm mit ausgestreckter Hand entgegengekommen; an Stelle eines bewaffneten Feindes hatte er einen guten Kameraden vorgefunden, mehr noch: eine gute Kameradin. Er war ihr dankbar, daß sie ihm den Kampf ersparte, auf den er sich mit so viel Anstrengung vorbereitet hatte. Doch die veränderte Haltung, die ihm auf diese Weise aufgezwungen worden war, verwirrte ihn zunächst. All seine Pläne lagen am Boden, sollte er sich etwa mit einer simplen Freundschaft begnügen? Alles schien wieder in Frage gestellt.

Doch das junge Mädchen hatte geplaudert und er Antwort gegeben. So empfand Joanny, beruhigt, mit entspannten Nerven, einen Vorgeschmack von der großen Lust, die derartige Gespräche schenken, diese so kindlichen und so ernsthaften so schwerwiegenden und naiven Vertraulichkeiten, die ein Junge und ein Mädchen austauschen, wenn sie fünfzehn Jahre alt sind – und später nie mehr.

Seltsam, sie hatte sich nicht über ihn lustig gemacht. Und dann hatte sie zu seiner Verwunderung dieses geäußert:

»Ihr Franzosen, ihr seid so unverständlich: ihr wechselt so leicht von Fröhlichkeit zu Traurigkeit. Nie kann man die Gründe eurer Handlungen erraten. Meiner Meinung nach seid ihr die fremdesten von allen Fremden.«

Joanny war sehr stolz gewesen, die Neugier des jungen Mädchens zu erregen. Sie wird mich beobachten und sich Gedanken über mich machen, dachte er. Er hätte gern eine besondere, einzigartige Haltung angenommen; doch seine Furcht, lächerlich zu erscheinen, war zu groß.

Nebeneinander hergehend, gleichen Schrittes, hatten sie auf der Terasse geplaudert. Und ihre Ideen berührten sich, ihre Phantasie und seine Phantasie kamen ihnen vor wie zwei Vögel, die zusammen durch die Alleen des Parks fliegen bis ins Herz der Baumkronen hinein. Und Joanny genoß diese geistigen Zärtlichkeiten, von denen er nichts geahnt hatte. Es zeigte sich, daß Fermina Márquez mehr war als nur ein Mädchen, das verführt werden soll. Sie lebte, und man mußte mit ihrem Dasein rechnen.

Sie hatte noch andere ungewöhnliche Dinge gesagt: »Entfernen die Studien, die Sie treiben, Sie nicht von der Demut?«

Diese Naivität war eines Jungen würdig. Und noch etwas: Sie hatte die Gebäude des Internats mit einem großen Dampfer verglichen:

». . . Ein großer Dampfer, wie die auf der Fahrt zwischen Europa und Amerika. Sogar das Leben, das ihr hier führt, erinnert daran; man ißt zu festgesetzten Stunden und betet gemeinsam.«

»Nein«, hatte Joanny entgegnet, »die Übereinstimmung liegt darin, daß wir ebensowenig das Internat verlassen können, wie die Passagiere imstande sind, von einem in Fahrt befindlichen Dampfer auszusteigen. Ich hatte selbst diesen Gedanken, in der ersten Zeit, die ich hier war, hier eingeschlossen war. In den

Klassenzimmern und den Schlafsälen, kurz und gut überall, wo man nicht den Park sehen kann und nicht die Straße, die am Eingangstor vorbeiführt – da kann man sich leicht vorstellen, man wäre auf einem sehr großen Schiff mitten im Ozean.«

»Und das Geräusch des Motors, der die Elektrizität gibt, nicht wahr, ist das Stampfen der Maschinen.«

»Dieses große Schiff gleitet nicht über einen wirklichen Ozean; es ist das Meer der Zeit, das es durchpflügt.«

»Ja, ja, genau so; und was für eine Linie ist das, auf diesem Meer? Es ist die Linie von der Großen Ferie zu der nächsten Großen Ferie, ja?«

»Es heißt: die groß*en* Feri*en*, mein Fräulein, verzeihen Sie, wenn ich Sie darauf aufmerksam mache, aber Mama Dolores will es so; – ja, Sie haben ganz recht; in den Osterferien, zu Weihnachten, zu Pfingsten und Allerheiligen geht man von Bord des großen Dampfers. Man läßt sich dahintragen, man geht seinen Beschäftigungen nach; und durch die Jahreszeiten, von Tag zu Tag, fährt das Schiff, beinahe lautlos; sehen Sie, der Himmel gleitet vorüber.«

Joanny war froh gewesen, sich auf diese Weise mit dem jungen Mädchen zu treffen; es war ein origineller Einfall, der von einer besonderen Empfindsamkeit zeugte. Als sie sich trennten, hatten sie sich einen festen Händedruck gegeben. Aus dem Vergnügen, das sie im Beieinandersein gekostet hatten, konnte schon bald Leidenschaft emporwachsen.

Dieser Gedanke und die Erinnerung an dieses »auf Wiedersehen« gaben Joanny den nötigen Mut, sich von neuem an sein gewöhnliches Dasein zu begeben. Indem er voll Sorgfalt schrieb, neigte er die Wange über sein Heft; ein Schauer der Freude durchlief ab und an seinen Körper. Er fühlte sich so rein und gut, daß es war, als säße sie bei ihm, am selben Pult.

11

Nun lagen vor Joanny täglich drei strahlende Stunden von solcher Leuchtkraft, daß sie auch alle anderen Stunden des Tages in eine neue Helligkeit tauchten. Das war von eins bis zwei und von vier bis sechs Uhr am Nachmittag.

Nie zuvor war sein Erwachen so glücklich gewesen. Da der Sommer bald seine Höhe erreicht haben würde, war es früh Tag, mindestens eine Stude eher, als der Trommler das Zeichen zum Aufstehen gab. Joanny war vor allen anderen wach und sah zu, wie es heller und heller wurde; in seinem Dahindämmern verwirrten sich die Gedanken, aber er spürte irgendwo im Inneren ein Glück, er wußte nicht genau, wo; dann fragte er sich, warum das Leben so schön sei, und sein Bewußtsein, nun endlich ganz erwachend, antwortete: Fermina Márquez.

Weil er die *Chica* sehen sollte – darum war das Leben so schön. Liegend ausgestreckt, sah er die Dinge, wie man sie zu Beginn einer Genesung sieht. Zumal die Fenster waren schön, breit, ohne Vorhang, mit schmalen eisernen Rahmen; in ihnen war die ganze Morgenröte. Am Rand gab es noch einen feuchten Dunst und dahinter Tiefen von zartem Blau, von silbrigem Blau, schöner noch als das Azur der Bilder zur Ersten Kommunion, an die ihn dieses Himmelblau denken ließ.

Besonders an eines dieser Bilder erinnerte sich Joanny; er hatte es im Meßbuch eines kleinen Mädchens auf dem Lande gesehen. Auf der Rückseite hatte ein

Gebet an die Heilige Jungfrau gestanden, darin las man folgendes: »Erbarme Dich derer, die sich lieben und die man getrennt hat . . . Erbarme Dich der Einsamkeit des Herzens.« Die Einsamkeit des Herzens? Jetzt erst begriff Joanny, was dies sein konnte; sein Egoismus schmolz, und er empfand ein Verlangen, Fermina all seine Geheimnisse zu sagen und all seine Hoffnungen.

Lange hielt er es so ausgestreckt nicht aus; lautlos erhob er sich, ging in den Waschraum, kehrte zurück, zog sich an. Ehe noch der Trommler sein Zeichen gab, war er fertig und saß am Fußende seines Bettes, die wunderbaren Fenster vor seinen Augen, die doch wahrscheinlich nicht so schön waren wie seine Zukunft.

Dann kam der Spaziergang, in Reihen, nach Klassen geordnet; eine Viertelstunde, während der man die Alleen des Parks durchzog, den die Nacht erst vor kurzem verlassen hatte; des Parks, der schweigend den Tag erwartet hatte und nun seine majestätischen Avenuen morgenfrisch und großartig der Sonne öffnete. Wie ein kühles, süßes Getränk schlürften wir die Luft, und wenn wir dann ins Klassenzimmer zurückkehrten, erfüllten wir alle Gänge mit dem Geruch der Blätter und des Taus, von dem wir durchtränkt waren. Ein außerordentlicher Tätigkeitsdrang trug Joanny durch die verschiedenen Unterrichtsstunden des Vormittags. Un sowie das Zeichen zum Mittagessen ertönte, begann sein Herz vor Glück und Ungeduld zu schlagen. Endlich war es soweit – beim Verlassen des Speisesaals trug er eine gleichgültige Miene zur Schau

und dann ging er, ohne sich zu beeilen, in den Park, wo ihn auf der Terrasse Fermina Márquez erwartete. Dort blieben sie, gingen ungezwungenen Schrittes auf und ab oder setzten sich auf eine Holzbank vor eine Ligusterhecke, allen Blicken verborgen. Und es war Joanny sehr daran gelegen, die besondere Gunst, die Mama Dolores ihm erwirkt hatte, nicht vor den Augen seiner Kameraden auszubreiten. Die Ungerechtigkeit war zu offenkundig. Doch er wußte den schlechten Eindruck zu mildern, den dies auf *seine Rivalen* – wie er sie jetzt nannte – gemacht hatte. In einer Gruppe, zu der etwa Santos, Demoisel, Ortega und einige andere gehörten, sagte er:
»Fermina Márquez läßt euch grüßen, sie hofft, daß man bald wieder Tennis spielen kann.«
Er hatte sie selbst gefragt, ob sie ihm keine Botschaft für die Freunde mitgeben wolle. Er war entschlossen, mit offenen Karten zu spielen. Von dem Tag an, da er ein sicheres Zeichen ihrer Zuneigung erhalten würde, wollte er an ihrer Seite vor allen Kameraden über den Hof gehen – eher nicht. Doch im Augenblick schienen seine Verführungspläne so ferngerückt! Es war wie mit der Theorie über die anständigen und die leichtfertigen Frauen: mein Gott, was für eine Kinderei! Jetzt schämte er sich dessen geradezu. Wozu sich etwas ausklügeln und durch ein System zu gefallen suchen, wenn jeder Tag ihm seinen Anteil Glück schenkte? Wenn er jeden Tag diese tiefe und leidenschaftliche, ein klein wenig fremdländische Stimme vernahm, mit der er seine eigene Stimme verband, leicht, genießerisch, wie man atmet?

Um zwei Uhr kehrte er in den Arbeitsraum zurück und um drei Uhr ins Klassenzimmer. Während dieser Zeit unternahmen Mama Dolores und ihre Nichten eine Spazierfahrt im Wagen. Ihr Viktoria, der sie von Paris hergebracht hatte, wartete am Tor des Internats. So fuhren sie bis Sceaux und Clamart, oder auch nach Robinson, wo sie des öfteren unter den mächtigen Bäumen ein Picknick einnahmen. Um vier Uhr waren sie pünktlich wieder in Saint-Augustin.

Die Kreolin hatte immer einen Korb voll Näschereien für ihren Neffen dabei, der sich an den vielen Bonbons und überzuckerten Torten die Zähne verdarb. Als von den Schülern nur noch Joanny um sie war, brachte sie jeden Tag eine Art Reiseküche mit. Das war ein kleiner Koffer aus feinem Leder, mit versilbertem Metall ausgeschlagen, und er enthielt einen Kocher, eine silberne Teekanne, ein Schokoladenkännchen, silberne Tassen mit den dazugehörigen Untertassen, Löffel, Porzellanschalen für Butter und Brot, Büchsen für Zucker, Schokolade, Tee, bestickte Servietten, eine große, flache Milchflasche. So viele Dinge waren darin, daß man hätte meinen können, es sei der Koffer eines Taschenspielers. Alles das wurde auf einer Bank ausgebreitet, und Mama Dolores, Pilar und der kleine Márquez, unterstützt vom Leibdiener, bereiteten die Vespermahlzeit, während Joanny und die *Chica* auf der Terasse blieben. Sie kamen erst, wenn man nach ihnen rief, aßen eilig auf, was man ihnen zurechtgemacht hatte, und kehrten in ihre Abgeschiedenheit zurück, um sich einander zu entdecken.

In Ferminas Sprache war stets eine gewisse Zurückhaltung, eine Reserve, als stünde ein großer Gedanke hinter allem, was sie sagte, und als habe sie diesem großen Gedanken ihr ganzes Leben geweiht. Joanny erklärte ihr:

»Sie erinnern mich an die *englische Spanierin* von Cervantes, er behauptet nämlich, sie sei bemerkenswert, ›por su hermosura y por su recato‹.«

Diese Worte kamen fast stammelnd aus seinem Mund. Es war sein erstes Kompliment an sie, und außerdem fürchtete er, sie könnte sich über seine spanische Aussprache lustig machen – und schließlich, hatte es nicht etwas Pedantisches, hoffnungslos Schülerhaftes, wenn man ständig seine Lektüre derart zur Schau stellte?

Was Joanny noch mehr in Erstaunen setzte, war die Hartnäckigkeit, mit der sie von der Demut sprach und den Hochmut als eine besonders schreckliche Sünde geißelte.

»Wie können Sie davon reden, sich zu demütigen, Sie, die Sie so schön sind?«

Er brachte das ganz natürlich hervor; das erste Kompliment hatte den Weg freigelegt. Doch sie erblaßte und flüsterte heftig:

»Oh, ich! Wo ich nichts bin als ein Haufen Schmutz«

Joanny schwieg, verblüfft, aber respektvoll. Sein eigenes Gefühlsleben war sehr lebhaft und er lächelte nie bei übertriebenen Ausdrücken . . .

Und dann unternahmen sie einen Erkundungsgang. Er zeigte ihr die Klassen, die Arbeitsräume und Schlafsäle. Er sagte:

»Sehen Sie, hier sitze ich bei den Schularbeiten.«

Sie betrachtete die schmutzigen Wände, den nackten, fleckigen Fußboden, das Podium des Lehrers, die schwarze Tafel. Es war seltsam, sie dort zu sehen, in ihrem kostbaren hellen Kleid und ihrem großen Sommerhut. Und er wagte den Vorschlag:

»Setzen Sie sich auf meinen Platz; Sie werden merken, wie hart die Bank ist und wie das Pult . . .«

Er wollte ihr klarmachen, wie das Pult, das zu weit vorstand, die Brust des Schülers eindrückte; doch fand er keinen passenden und dezenten Ausdruck dafür. – Sie saß auch bereits an seinem Platz. Wie wohl würde es tun, von jetzt an hier zu arbeiten!

Er führte sie zu seinem Schlafsaal. Beim Eintreten bekreuzigte sie sich, denn an der Wand hing ein Kruzifix. Vorsichtig schritt sie über die allzuglatt gewachsten Fliesen. Joanny murmelte, und wurde rot dabei (am liebsten hätte er sich vor Verachtung geschlagen):

»Hier ist mein Bett.«

Sie bewahrte einen gewissen Abstand von den Betten, nahm nur den Schlafsaal als Ganzes in ihren Blick auf, keinen einzelnen Platz. Joanny fügte hinzu:

»Unsere Betten sind ziemlich eng, und hart auch.«

Sie wies mit dem Finger auf das Kruzifix:

»Denken Sie einmal daran, daß das Kreuz noch viel enger und härter war, als es ans Sterben ging.«

Verwirrt blickte Joanny sie an. Jetzt hatte er tief in sie hineinschauen können, so meinte er. Wie verschieden waren ihre Gedanken! Er dachte daran, daß ihre Gegenwart hier mitten im Schlafsaal der Knaben nicht ohne Pikanterie sei – und sie gab sich im selben

Augenblick den Regungen einer mystischen Leidenschaft hin.

Schweigend stiegen sie die Treppe hinab; und als sie die Frische des Parks wiederfanden, atmeten sie auf. Pilar sah sie und rief nach ihnen.

»Was gibt es zur Vesper?« fragte Fermina mit ihrer festen und gleichmütigen Stimme.

Pilar tat so, als drehte sie mit den Händen einen Kochlöffel in einem Schokoladenkännchen.

Als sie nähertraten, fragte Mama Dolores, wo sie gewesen seien. Die Antwort versetzte sie in Zorn. Je mehr sie redete, desto wütender wurde sie. Ihre Vorwürfe folgten einander in solcher Geschwindigkeit, daß Joanny die einzelnen Worte nicht mehr zu unterscheiden vermochte. Dann schloß sie ihre Rede sehr plötzlich, indem sie aufstand und Fermina ohrfeigte. Das junge Mädchen ergriff die Hand der Tante, diese Hand, die soeben ihr Gesicht getroffen hatte, und küßte sie achtungsvoll. Joanny war sprachlos. Und zu allem übrigen nahm auch noch der Diener an dieser Familienszene teil.

Fermina ergriff die Tasse Schokolade, die ihre Schwester ihr gab. Die Wange, die den Schlag empfangen hatte, färbte sich dunkelrot, während die andere zum Erschrecken bleich blieb. Joanny hätte sich ihr am liebsten zu Füßen geworfen, den Saum ihres Kleides mit Küssen bedeckt; oder er wäre auch gern vom Erdboden verschwunden, da seine Gegenwart sicherlich die Demütigung des Mädchens vergrößerte. Doch schon bald sagte Fermina, und der Ton ihrer Stimme hatte sich kaum verändert:

»Pilarcita, gib doch Herrn Léniot eine kleine Serviette.«
In der Tat hatte sich Joanny, zitternd und mit gespannten Nerven, etwas Schokolade über die Weste gegossen.

12

Am Tag darauf fragte er sie: »Sie sind sehr fromm, nicht wahr?« Sie zögerte, dann erwiderte sie: »Wir wollen nicht davon sprechen, ja?«

Aber sie kam ganz von selbst darauf zurück. Die Alleen des Parks trugen Namen: Allee La Pérouse, Allee Sibour, Allee Bixio; man hatte die Namen in Metallplatten graviert und diese hier und dort an die Bäume geheftet.

»Sind das Namen alter Schüler von Saint-Augustin?«

»Ja«; und er berichtete ihr, was er davon wußte. Sie war voller Bewunderung für den Erzbischof Sibour.

»Er ist für die Wahrheit gestorben«, sagte sie feurig.

»Nein, es war ein Racheakt. Verger, sein Mörder, war ein exkommunizierter Priester, halb wahnsinnig.«

»Wie kalt Sie von diesen Dingen sprechen. Sie sind wohl nicht gläubig?«

Gewiß, er war gläubig, doch nicht auf die gleiche Art wie sie. Da begriff sie, daß es ihre Aufgabe war, den Eifer dieses lauen Christen wieder in Glut zu bringen. Sie redete, sie ließ ihrer Erregung freien Lauf. Sie war dahin gelangt, an nichts anderes zu denken als an den Heiland, selbst wenn sie von den gleichgültigen oder leichtfertigen Dingen sprach. Und selbst im Schlaf fühlte sie Seine Gegenwart in sich.

»Alle meine Gedanken gehören ihm; ich spüre, wie ich in Seiner furchtbaren Hand lebe, und ich muß mich ganz klein machen und ganz rein, durch die Kommunion, damit Er mich nicht verwirft, angewidert vom Gestank meiner Sünden!«

Mit Freuden nahm sie Unbill und Krankheit auf sich, glaubte sie sich doch darin zu reinigen. Ihre Liebe zu den Armen und ihre Achtung vor ihnen war so groß, daß sie gern vor ihnen auf der Straße niedergekniet wäre. Sie wünschte ihnen zu gleichen. Diese eleganten Kleider, diese ganze weltliche Eitelkeit waren ihr eine Last; sie verwandelte sie in Werkzeuge der Kasteiung, da sie diese Kleider ja nur aus Gehorsam gegenüber der Tante trug, die mütterliche Gewalt über sie ausübte. Manchmal fühlte sie sich den Armen so gleich, daß sie in Lumpen gehüllt einherzugehen glaubte. Doch dieser Gedanke allein, war er nicht schon hochmütig? Eines Tages, als sie zu Fuß ausgegangen waren, hatte man in einem Geschäft zu ihnen gesagt: »Das ist Ihnen sicher zu teuer.« Mama Dolores hatte ein Szene gemacht, war zornentbrannt aufgebrochen. Sie dagegen, wie glücklich war sie gewesen!

»Denken Sie doch, man hatte uns für arme Leute gehalten!«

Er fragte sie, ob sie viel Almosen verteile.

»Sie wissen genau, daß man von solchen Dingen nicht spricht; wenn man den Armen Geld bringt, so ist das eine Begegnung mit ihrem Vater, dem König des Himmels.«

Staunend, auch ein wenig verlegen, betrachtete Joanny diese Christin; lag nicht irgend etwas Unehrerbietiges in diesem heiligen Geplapper, in diesen Worten, einfach so dahingesagt, in frischer Luft, an einem profanen Ort und unter ebenso irdischen Umständen? Die Religion, die man uns in Saint-Augustin lehrte, schien diese Aufschwünge nicht zu kennen. Man hielt uns sorgfältig von der Theologie und der Mystik fern. Unser Beichtvater, ein ehemaliger Feldgeistlicher, hatte eher das Gebaren eines alten Edelmannes und Soldaten als das eines Priesters. Auch die Messe und die Vespern sonntags hatten etwas Militärisches: Man nahm in großer Uniform daran teil, und die Bedienten waren unter uns, in ihrer besten Livree. So kam es, daß die meisten von uns die Religion mit Empfindungen von Disziplin und Gepränge verbanden. Sie war ein unfehlbarer Ratgeber für ein schwankendes Gewissen, sie war eine Überantwortung unseres Selbst an die Vorsehung, sie war eine große, glänzende Hoffnung. Und je weniger wir von ihr sprachen, desto höher achteten wir sie.

»Sie setzen mich in Erstaunen«, murmelte Joanny.

»Vielleicht meinen Sie, es wäre der Wunsch nach Belohnung, der mich zu meinem Gott hindrängt? Aber wie soll man Ihn an Seinem Kreuz sehen und Ihn nicht lieben, um Seiner selbst willen lieben, ohne Hoffnung auf eine Auferstehung und ein ewiges Heil? Aber Ihn lieben, das heißt auf Ihn hoffen, Ihn jeden Augenblick erwarten.«

Wenn Joanny sie so hörte, war ihm, als sähe er die Kehrseite des Lebens. Die Freuden der Welt, Reichtum, selbst Ruhm, wurden verächtlich und unerträglich. Sie rührte so viele Gedanken in ihm auf, daß er es ihr nicht verübelte, wenn sie die Dinge herabsetzte, die ihm am teuersten waren. Er vernahm einen wirren Lobgesang auf die heilige Rose von Lima, der Fermina, wie sie sagte, zu gleichen strebte; und sie teilte ihm mit, daß sie gern die Qualen des Kreuzes auf sich nehmen würde. Eines Tages, als sie sehr durstig gewesen war, hatte sie Tante und Schwester in ein Café am Boulevard begleitet. Sie hatten eisgekühlte Getränke bestellt. In dem Augenblick aber, wo sie das Glas an ihre Lippen führte, kam ihr in den Sinn, daß Er Durst gelitten hatte in seinem Todeskampf, und dieser Gedanke war so furchtbar, daß der Durst, den sie empfand, ihr köstlich erschien – und sie hatte ihr volles Glas Pilar gegeben.

Alles dies erzählte sie mit gedämpfter Stimme und mußte zwischendurch schwer Atem holen. Joanny hörte ihr zu, ohne sie zu unterbrechen. Es war das Geheimnis ihres Lebens, das sie ihm da enthüllte. Könnte sie ihn nach solchen Offenbarungen je wieder vergessen? Mama Dolores schenkte sie nicht so viel Vertrauen. Sie schien sie eher als eine tyrannische und launenhafte Mutter anzusehen, die Gott ihr gesandt hatte, um sie in Geduld zu üben. Und ohne Zweifel war auch Pilar nicht die Vertraute ihrer Schwester. Also? Also war er ihr Freund?

Als sie sich an diesem Abend trennten, war ihr Händedruck fester und dauerte länger als gewöhnlich. Es war eine stillschweigende Übereinkunft, ihre Geheimnisse zu bewahren. Und sie sagte ihm noch, sie wolle ihm am nächsten Tag eine Biographie der *Heiligen Rose von Lima* mitbringen.

Zum erstenmal kam Léniot etwas zu spät zur Arbeitsstunde. Alle Schüler saßen schon über ihren Aufgaben. Beim Vorbeigehen hatte er durch die halboffene Tür eines anderen Arbeitsraumes Santos an der Tafel stehen und sie mit Gleichungen bedecken sehen. Er hat keine Ahnung, daß er mit einer Heiligen Tennis gespielt hat! Dieser Gedanke entlockte Joanny ein Lächeln. So war er also der einzige, der wußte, daß hinter dieser Fröhlichkeit, selbst hinter dieser Koketterie ein so lebendiger Glaube stand und eine derartige Verachtung der Welt mit allen ihren Reichtümern.

13

Sie führten noch ein anderes Gespräch, in dem die christliche Liebe alle Kosten bestritt. Dann las er *Das Leben der heiligen Rose von Lima.* Ein Mädchen, das einem solchen Vorbild nacheiferte, würde keinen Mann lieben können. Welche Enttäuschung! Und doch, wenn er das Buch, das sie so oft durchblättert haben mußte, zwischen seine Bücher unter das Pult schob, war er zufrieden, wenigstens dieses hier von ihr zu haben.

Arme Kleine, sagte er zu sich selbst, da ein neuer Einfall in ihm aufblitzte, arme Kleine, wenn *sie* dich so reden gehört hätten, wie sehr hätten sie sich über dich lustig gemacht! *Sie,* das waren die Fräulein der Provinz, die ihn unter ihren Späßen hatten leiden lassen. Denn das ist das Schreckliche an der Dummheit, daß sie der tiefsten Weisheit zu ähneln vermag. Sobald sie spricht, verrät sie sich auch schon; doch das Gelächter ist der Augenblick, in dem sie verborgen bleibt, in dem sie der Weisheit ähnelt. Jene jungen Mädchen waren »sehr fromm und wohlerzogen«; wohldenkende Pensionate hatten ihren Geist gebildet, und alles, was ihnen sonderbar vorkam, ohne sie gerade zu erschrecken, erschien ihnen auch schon lächerlich. Da gab es Geflüster, sprechende Blicke, ein spitz verkniffenes Lächeln und dann das Lachen, das leichte, furchtbare Lachen, das alle großen und edlen Ideen allzu begeisterter junger Gymnasiasten empfängt. Diese Frömmigkeit feiner Fräulein comme il faut, mit dem Stolz auf die zukünftige Mitgift – sie stand so tief unter dem lodernden Glauben, der aus dem Antlitz der jungen Amerikanerin strahlte! Oh, wie er sie verachtete und wie ihn die Liebe zu Fermina Márquez ergriff, allein bei der Vorstellung, daß ihre Seelengröße den »guten Partien« der Provinz als Zielscheibe des Spottes dienen könnte! Jetzt war ihm klar, daß er sich in sie verliebt hatte – natürlich hoffnungslos; aber auch, wohlverstanden, für immer.

Er gestand sich seine Niederlage ein: Er hatte geliebt werden wollen, und nun war er selber der Liebe verfallen. Was er am meisten auf Erden gefürchtet hatte, war eingetreten. Vor allem wunderte er sich darüber, daß seine Arbeit nicht litt. Weit davon entfernt, seinem Geist Ruhe zu gönnen oder sich ablenken zu lassen, arbeitete er tatsächlich mehr denn je. Er hatte sich daran gewöhnt, sie in Gedanken immer neben sich zu spüren. Zuerst war es nicht mehr als ein Spiel seiner Einbildungskraft gewesen; er hätte sich geschämt, irgend jemandem diese Kinderei zu enthüllen. Nun aber war es beinahe eine Halluzination. Der Klang ihrer Stimme war ihm so vertraut geworden, daß er ihn auch dann zu hören glaubte, wenn er sie fern wußte. War dies nicht das Rascheln ihres Kleides? War dies nicht die liebliche Last ihres Körpers, die sich auf die Bank niederließ? Ihr Körper ... daran wollte er nicht denken. Das wäre eine Entweihung. Er lebte in ihrem Beisein, wie wir in der Gegenwart unseres Schutzengels leben.

Deshalb schien es ihm, wenn er sie täglich im Park wiedertraf, als habe er sie erst vor wenigen Augenblikken verlassen. Gern hätte er zu ihr gesagt: »Für Sie arbeite ich, für Sie und im Gedanken an Sie. Und wenn mir daran gelegen ist, alle Preise meiner Klasse zu gewinnen, dann nur, um Ihnen ein wenig Glanz bieten zu können; wie dürfte derjenige, den Sie zum Vertrauten gewählt haben, *nicht* der Erste unter allen Männern sein?«

14

»Ganz gewiß, ich bin gläubig; aber nicht auf Ihre Weise. Habe ich Ihnen das nicht schon gesagt?« Joanny war der Meinung, daß er nun seinerseits ihr seine heimlichsten Gedanken anvertrauen müsse. Seit langem wünschte er sich, sie jemandem mitzuteilen. Frühzeitig hatte er es aufgegeben, den Eltern sein Herz zu entdecken. Unsere Eltern sind nicht so beschaffen, daß wir ihnen unser Herz entdecken könnten. Wir sind für sie nur die Thronerben. Sie erwarten von uns zweierlei: daß wir uns die Opfer wirklich zunutze machen, die sie uns bringen, und daß wir uns nach ihrem Willen bilden lassen, das heißt, möglichst rasch erwachsen werden, um ihre Geschäfte übernehmen zu können, als verständige, erwachsene Menschen, die das mühsam erworbene Gut nicht verschleudern. Ach, liebe Eltern! Wir werden vielleicht erwachsen, aber verständig werden wir nie. – So etwa spricht man, bis man zwanzig Jahre alt ist, denn man glaubt sich für große Dinge geboren.
Außerdem hatten Joannys Eltern sein Vertrauen mißbraucht. Was er ihnen bei der ersten Heimkehr aus dem Internat erzählt hatte – die Geschichte von dem unbenutzten Klassenzimmer, wo man heimlich rauchte, zum Beispiel, oder die Geschichte von der Flasche Champagner, die ein Bedienter den Primanern besorgt hatte – alles das war auf unerklärliche Weise bis zum Studienpräfekten gedrungen. Als Joanny plötzlich der Gedanke kam, sein Vater könne die Sache *verpetzt* haben, errötete er; das süßeste der

Bande, das ihn bisher mit seinen *alten Leuten* verknüpft hatte, war gerissen. Künftig vertraute er ihnen nichts mehr an. Sie hingegen bemerkten keine Veränderung; das Kind brachte vorzügliche Zensuren in allen Fächern und im Betragen, was konnten sie mehr verlangen?

Und dann waren die Bekenntnisse, die Joanny zu machen hatte, nicht dazu angetan, vom ersten besten vernommen zu werden. Es waren große, erhabene Gedanken, bestimmt, die Welt umzugestalten. Die ernsthaften Bürger, die sich ihrer Arbeit hingeben, haben nichts übrig für abstrakte Politik, reine Ideen, Utopien. Sie verlieren die materiellen Interessen nicht aus dem Auge. Zwischen seinen Träumen und den Ansichten seiner Eltern, so empfand Joanny, bestand ein peinlicher, fast lächerlicher Gegensatz. Überhaupt hätten alle ehrbaren Leute über Joanny Léniots große Idee nur gelächelt. Er trat für eine Wiederkehr des Römischen Imperiums und dessen Weltherrschaft ein, wie sie unter Konstantin und Theodosius dem Großen bestanden hatte.

Wir lasen Victor Duruy ohne Begeisterung, und das war nicht weiter von Bedeutung. Doch wenn schon vielleicht kein Enthusiasmus in Duruys *Römischer Geschichte* zu finden ist, so hätte er zumindest in uns selbst sein müssen. In einem Alter, wo wir anfingen, Emile Zola und Paul Bourget hinter dem Schutz unserer Pulte zu verschlingen, berauschte sich Joanny Léniot an römischer Geschichte. Die legendäre Vorzeit, das Königtum und die Anfänge der Republik bedeuteten ihm nicht viel. Erst mit dem Dritten Punischen Krieg begann es wirklich interessant zu werden. Doch die zivilisierte Welt bot, als sie erst im römischen Frieden ruhte, ein noch bewundernswerteres Schauspiel. Und die Einrichtung des Kaiserreichs war dann die Krönung des ganzen Werkes.

Ach, warum hatte es das Imperium nicht besser verstanden, sich die Barbaren einzuverleiben? Wozu all diese kleinen Königreiche? Chlodwig empfing zwar den Purpur des Konsuls, aber war er deshalb weniger König der Franken? Freilich, die Kirche blieb, mächtig und geachtet, als sei das Imperium, um göttlich zu werden, in ihr aufgegangen – als sei die Kirche ein geistliches Imperium geworden. Und noch heute umfing die Kirche alles, was von dem römischen Kaiserreich übriggeblieben war.

»Ja, ich verehre diesen letzten Rest des Imperiums, ich klammere mich verzweifelt daran«, erklärte Joanny seiner neuen Freundin. »Warum hat Karl der Große die Teilung des Reiches zugelassen? Warum hat Karl der Fünfte nicht eine neue Eroberung Galliens durchgeführt? Warum hat sich Napoleon nicht zum Kaiser des Okzidents krönen lassen? Was soll dieser Name eines Barbarenstammes, den man mir anhängt: Franzose? Ich bin kein Franzose. In meinem Katechismus steht, ich sei römisch-katholisch, und das übersetze ich mir so: Ich bin ein Römer und Herr der Welt! Mein Souverän, mein einziger Herrscher, ist jener große, magere Greis, den man stets im weißen Gewand darstellt, der divinus-augustus Leo, Kaiser des Abendlandes. Ich habe ihn gesehen; ich hatte meinen Eltern so lange zugesetzt, bis sie mich nach Rom mitnahmen, in den letzten Osterferien. Wir wurden sogar zu einer Audienz zugelassen; ich durfte mit ihm sprechen. Und während ich folgsam sagte: Ja, Heiliger Vater, nein, Heiliger Vater ... schrie mein Herz, mein unzähmbares Herz: Cäsar!«

»Aber er selbst, in seiner Demut, hat doch keinen anderen Namen gewollt als den eines Dieners der Gottesdiener.«

»Ja, ich weiß, Sie halten mich für ruchlos. Es kommt Ihnen so vor, als verehrte ich Gott nicht, weil Er der ist, der Er ist, sondern weil Er der Gott Roms ist. Doch der Gott Roms, der Gott, der den Platz des Kapitolinischen Jupiters eingenommen hat; könnte er nicht der wahre Gott sein? Wenn Sie wüßten, wie nahe Rom dem Himmel zu sein scheint, wenn man ihn vom Pincio aus sieht! ... Sie können sich nicht vorstellen, was ich während der Messe empfinde.«

Joanny schwieg, außer Atem. Dies waren keine Vertraulichkeiten mehr, es war ein leidenschaftlicher Aufruf. Im Feuer seiner Begeisterung zweifelte er nicht daran, seine Zuhörerin zu überzeugen.

»Wenn ich den Altar betrachte, sehe ich nicht die brennenden Kerzen, Tücher und goldenen Blumen, sondern die römische Majestät. Der Priester, die Gläubigen, alle haben sich als römische Katholiken hier versammelt, und das heißt als Römer, nicht wahr? Die Stadt ist in den Händen der Ungläubigen, die Gottheiten des Imperiums werden Tag für Tag beleidigt; und doch rühmen sich die in diesem Hause Versammelten, daß sie Römer genannt werden. O ihr Manen Catos, dies sind die letzten römischen Bürger! ... Dort, im

Hause des Herrn, höre ich noch die Sprache meines wahren Vaterlandes: das Lateinische. Denn Ihr Kastilisch, unser Französisch, und auch das Italienische sind ja nur Dialekte, die aus dem gesprochenen Latein hervorgingen« – so fuhr Joanny fort und geriet wider Willen in seine Philologie –, »es sind Vulgärsprachen, nach alten bäurischen Mundarten. Eine Zeit wird kommen, sage ich Ihnen, wo man wiederum in allen Schulen des Reiches das klassische Latein lehrt und wo die Vulgärsprachen vergessen sind. Und dieser Tag ist vielleicht gar nicht so fern wie man glaubt ...
Darf ich Ihnen etwas sagen, mein Fräulein? Aber Sie müssen mir versprechen, niemandem etwas davon zu erzählen. Abgemacht? Gut, ich habe ganz für mich allein gelernt, das Lateinische fast ebenso auszusprechen, wie es die alten Römer getan haben. Ich habe lange Zeit dazu gebraucht. Denn ich konnte mich nicht mit lauter Stimme üben; in den französischen Schulen spricht man Lateinisch nach bestimmten Regeln aus, und wenn man sich diesen Regeln nicht fügt, lachen die anderen Schüler, und außerdem können es die Lehrer auch nicht leiden. Die Amerikaner, wenn sie noch neu sind, sprechen das Latein spanisch aus, doch man bringt ihnen rasch bei, es französisch auszusprechen. Dabei handelt es sich nicht nur um bestimmte Buchstaben, sondern auch um die Anzahl der Vokale. Weil ich mir das ganz klargemacht habe, fallen mir die lateinischen Verse ganz leicht. Manchmal, wenn ich ganz allein bin, vor allem in den Ferien, auf Spaziergängen im freien Land, da rezitiere ich lange Abschnitte von Lukrez, Vergil oder Ovid, und dann

gebe ich den Worten die römische Betonung. Sie können sich nicht denken, was für ein Vergnügen das für mich ist. Es ist mir dann, als redete ich mit all diesen großen Männern der Antike in ihrer Sprache, und als verstünden sie mich. Leider muß ich mich sehr in acht nehmen, wenn ich in der Klasse etwas aufsage oder den Text für die Übersetzung vorlese; man soll nicht merken, daß ich anders betone als alle Welt ... Aber langweile ich Sie damit wirklich nicht?«

»Nein, Sie langweilen mich nicht.« Und mit einem Seufzer fügte sie hinzu: »Herr Léniot, warum machen Sie nicht einen besseren Gebrauch von der Begabung, die Gott Ihnen verliehen hat?«

Sieh an, dachte Joanny geschmeichelt, sie merkt, daß ich begabt bin.

Er nahm seinen Bericht wieder auf:

»Alles Übel ist von der Zerstückelung des Imperiums gekommen. Die Zahl der Bewohner hatte zugenommen, das gebe ich zu. Aber es war genug mit den zwei Kaiserreichen, dem westlichen und dem östlichen, vielmehr mit dem Janus-Imperium, das der Barberei der übrigen Welt seine zwei Gesichter entgegenhielt. Warum hat man Usurpatoren erlaubt, Titel wie König von England, Herzog von Burgund, König von Frankreich anzunehmen? Nein, nein, überall wo römisches Wort klingt, sind wir auf dem Boden des Imperiums; sehen Sie, rings um uns, die gallischen Provinzen in der Fülle ihres Sommers, sehen Sie dort hinten Lutetia. Ja, sie ist gewachsen, diese Lutetia der Pariser, seit der Zeit, da Kaiser Julian dort die Wintermonate zu verbringen pflegte – nein, es war noch in der Zeit vor seiner Krönung. Die Bevölkerung des Imperiums hat zugenommen: man braucht also mehr Beamte als vorher, das ist alles. – Es gibt heute freilich auch Nord- und Südamerika, Australien, die europäischen Kolonien in Afrika. Doch die Verwaltung, die das halbe römische Kaiserreich regiert hat, könnte gut die halbe Welt regieren. – Sagen Sie, Sie finden mich doch nicht komisch?«

Sie hörte aufmerksam zu.

»Denn«, fuhr Joanny fort, »wenn ich hiervon sprach, ein- oder zweimal, bin ich immer ausgelacht worden. Der Freund meiner Eltern in Paris, mein *Schulpate,* hörte mich eines Sonntags erst einmal ohne ein Wort zu sagen an, und dann gab er mir den Rat, einen Roman von Flaubert zu lesen, in dem ich Ideen *von der Art der meinen* finden würde: *Bouvard et Pécuchet.* Ich habe an seinem Ton wohl gemerkt, daß er nur Spaß machte, und mir liegt nichts daran, diese modernen Bücher zu lesen, deren Autoren vielleicht nicht einmal imstande sind, ihre eigenen Werke in gutes Latein zu übersetzen!... Ein andermal wollte ich meine Gedanken einem anderen alten Freund unserer Familie begreiflich machen, den ich für gescheiter hielt als die übrigen. Er hat sofort angefangen zu lachen, und er meinte, er habe in seinem Leben schon viele Reaktionäre gesehen, aber noch nie einen so reaktionären Menschen wie mich; und es sei gar nicht schön für den Sohn eines alten Republikaners, solche Ideen mit sich herumzutragen. – Denn im Hinterland, oder wie wir es nennen, in der Provinz müssen die Kinder dieselben politischen Ansichten haben wie ihre

Eltern; wenn sie es daran fehlen lassen, verachtet man sie. Ach, mein Fräulein, Sie können sich einfach nicht vorstellen, wie hinterwäldlerisch die Provinz ist! – Nun, also der Mann lachte. Da sagte ich, um ihn zu reizen, daß ich mich nicht als einen Franzosen betrachte, sondern als einen römischen Bürger. Ich hatte richtig vermutet, das versetzte ihn sofort in Wut. Ich hatte seine armseligen Gedankenlarven in Unordnung gebracht, und nun wirbelten sie in seinem engen Schädel herum. Er war ganz rot. Wie kam er mir klein vor, borniert; ich hatte ihn in der Hand, er zappelte wie ein Insekt, dem man zusetzt. Ich sah in ihm keinen Menschen mehr, sondern ein hergestelltes Produkt, eine Maschine, die redet, wie man reden muß, und denkt, wie man denken muß. Ah, wie ich mich jemals einem anderen überlegen gefühlt habe, dann war es bei diesem Schwachkopf!«

»Oh, Herr Léniot, es ist nicht gut, so zu sprechen!«

In der Stimme des jungen Mädchens war ein so vorwurfsvoller Ton, daß Joanny, aus der Fassung gebracht, verstummte. Bis jetzt hatte er deklamiert, mit dem schönen Schwung der Sicherheit, von seiner Zuhörerin verstanden und bestätigt zu werden. Und nun protestierte sie statt dessen gegen seine Worte, war am Ende ihrer Geduld. Wie, er hatte ihr also mißfallen – das war das Schlimmste, was ihm geschehen konnte. Er sprach weiter, aber sein Herz war nicht mehr in dem, was er sagte. Alles, was er noch einen Augenblick zuvor glänzend hatte darlegen wollen, erschien ihm plötzlich lächerlich, unnütz und sinnlos. Er machte einen Umweg, kam auf das Kapitel der römischen Tugenden zu sprechen. Vor allem lobte er die Armut:

»Die Stadt Rom«, sagte er, »ist die ältere Schwester der Armut: darin liegt das Geheimnis ihrer Macht. Sogar die Dichter des Augusteischen Jahrhunderts waren sich darüber im klaren. Hören Sie, was Horaz sagt:

Hunc ...

Dieses hunc bezieht sich auf Fabrizius, von dem er gerade gesprochen hat ...

Hunc et incomptis Curium capillis,
Utilem bello tulit, et Camillum
Saeva paupertas et avitus arto
Cum lare fundus!

›Saeve paupertas‹: die *grausame Armut* ...«

Joanny erstarrte; in den Augen des jungen Mädchens hatte er soeben einen Gedanken gelesen, der ihn außer sich brachte. Diese Augen schienen zu sagen: Soll das eine Unverschämtheit sein? Verspottet er mich? Ihm fiel ein, wie er eines Tages einer Dame Tacitus rezitiert und sie verärgert gesagt hatte: Sie können mich ruhig beleidigen, wenn Sie wollen, ich verstehe doch nicht, was Sie da reden.

Das Zeichen zum Beginn der Arbeitsstunde ertönte und trennte sie.

Fermina gab ihm nicht die Hand ...

Den ganzen Abend klopften Joannys Schläfen und seine Wangen glühten. Er hatte ihr mißfallen. Er war zuerst lächerlich gewesen und dann hassenswert. Ach, diese langen Tiraden, so dumm und kindisch: Leo, der Kaiser des Abendlandes, und die Berufung der Manen

Catos! Man hätte darüber vor Scham umkommen mögen. Wie gern würde er seine Sätze zurücknehmen. Wären sie niedergeschrieben, könnte man sie mit einem Gummi ausradieren. Aber es gibt auf der Welt keinen Radiergummi, der im Gedächtnis der anderen die Worte auslöscht, die wir zu ihnen gesprochen haben. Er hätte sich auch wegen des lateinischen Zitates entschuldigen müssen. Aber vor allem hatte es ihren Abscheu erregt, daß er seine Landsleute mit Hohn übergoß und sein Vaterland verleugnete.

Das muß dem armen Mädchen ungeheuerlich erschienen sein. Es gibt nichts Konservativeres als die Frauen; ihre Ideen sind immer mindestens um eine Generation zurück!

Als er von der Höhe seines Geistes herab die Dummheit des Provinzrepublikaners verlachte, wie sehr hatte da in ihr der gesunde Menschenverstand, der infame gesunde Menschenverstand, vor Zorn gebebt! Ach, sie glich in allen Punkten jenem *hergestellten Produkt*, das ihn in Harnisch brachte. Da bedauerte er, sie nicht noch mehr vor den Kopf gestoßen, die Sache nicht auf die Spitze getrieben zu haben. Welch ein Spiel: Mit einigen wenigen gutausgewählten Paradoxen peitscht man den Intellekt der Dummen auf; zuerst ärgern sie sich, und am Ende heulen sie wie die Hunde. Ach, das niedliche kleine Gesellschaftsspiel!

Die Dummen? Aber wer ist das, die Dummen? Entsprach diese so klare Unterscheidung, die er da aufstellte, der Wirklichkeit? War das nicht viel zu einfach, zwei Menschenklassen zu sehen, die Törichten und die Klugen, und sich selbst natürlich in die zweite

Kategorie einzureihen? Immerhin rechnen es sich die klassischen Dichter als Verdienst an, das Vulgäre zu verachten. Ach, er war dieser Gedankengänge müde. Die Wahrheit ist, daß es eben Dinge gibt, die man nicht vor jedermann aussprechen darf. Wie man sich auch nicht auf ungewöhnliche Weise kleidet, um auf die Straße zu gehen, damit einem die Gassenjungen nicht die Ohren volljaulen. Ebenso darf man seine ungewöhnlichen Gedanken nicht jedermann sehen lassen, sonst kann es einem geschehen, daß man die Worte hört: Oh, Herr Léniot, es ist nicht gut, so zu sprechen!

Und dabei hatte er doch gedacht, wenn auch nicht eine Geliebte, so doch eine Freundin, eine Kameradin gefunden zu haben, der er alles sagen durfte, eine verwandte Seele! *Verwandte Seele!* – Großartig, er verfiel schon wieder seinen Theorien über die menschliche Dummheit. Er hatte ihr Mißfallen erregt, das war alles.

Tags darauf entschuldigte er sich, so gut es ging:

»Ich habe Sie gestern nachmittag mit meinen Paradoxen verstört; und ich war auch noch so unhöflich, ein lateinisches Zitat anzubringen. Das hat Sie wohl sehr verstimmt?«

»Aber nein, seien Sie unbesorgt; und Sie haben mich auch nicht *verstört.*«

»Es ist sehr lieb von Ihnen, mir das zu sagen. Aber von jetzt an sind wir gute Kameraden, nicht wahr? . . .

Ich möchte so gerne, daß Sie eine gute Erinnerung an mich behalten.«

Sie erwiderte nichts. Er fühlte sich sehr weit von ihr

entfernt, ganz und gar fremd ihrem Leben. Doch dieser Eindruck ging bald vorüber.
Sie kamen auf den Zwischenfall nie mehr zurück.

15

Ein paar Tage später gab er ihr *Das Leben der heiligen Rose von Lima* zurück. Er hatte in dem Buch mehrere jener sprechenden Ausdrücke wiedergefunden, die sie in ihren Unterhaltungen gern anwandte, wie etwa: Das Kreuz, dieses enge und harte Bett. Er hätte etwas darüber sagen können, doch er fürchtete, ihr Schmerz zu bereiten. So begnügte er sich mit den Worten – und setzte dabei wider Willen eine bedeutsame Miene auf –:

»Es ist eine alte spanische Übersetzung der Heiligenleben. Man spürt förmlich das Kastilisch aus dem Ende des Goldenen Jahrhunderts.«

»Sie kennen auch die spanische Literatur? Sie sind ein richtiger Gelehrter, Herr Léniot.«

»O, Mademoiselle . . .«

Sie spottete keineswegs; sie hatte sich sogar bemüht, einen respektvollen Ton in ihre Frage zu legen. Joanny schwoll die Brust.

»Aber ja! Herr Santos Iturria hat einmal, als ich dabei war, behauptet, Sie seien der beste Schüler des Internats.«

Daraufhin versuchte er, ihr die Bewertung der Hausaufgaben und Klassenarbeiten und die Ehrentafel zu erklären. Doch er tat es allzu begeistert, man spürte sofort, daß er diesen Dingen eine übertriebene Bedeutung beimaß. Außerhalb der Schule hatte all das keinerlei Wert, es war kaum begreiflich. Wieder verstummte er und wagte nicht mehr, das Wort *Klassenarbeit* vorzubringen, in dem ihm plötzlich etwas

Kindliches zu liegen schien, worüber die Erwachsenen nicht ohne Grund lächeln. Er fühlte, daß ihre und seine geistige Unreife sich in allem verriet, was sie sagten, ob sie nun ihre religiösen Empfindungen schilderte oder er von der römischen Geschichte sprach.
»Sie arbeiten sehr viel?« fragte sie.
»Ja, sehr. Die anderen denken, ich lerne leicht, aber das stimmt nicht; mein Verstand ist langsam, ich begreife die Dinge nicht gleich beim ersten Mal. Sie sehen, ich vertraue Ihnen sogar meine Schwächen an.«
Sie wollte wissen, ob er sich aus Freude am Studium oder aus Gehorsam gegenüber seinen Eltern so viel Mühe gebe.
»Nein, es ist, um jemandem zu gefallen, um seiner würdig zu sein ... Vor einem Monat wußte ich noch nicht recht, wem ich gefallen wollte, aber es war mir klar, daß dieser Mensch kommen werde. Um seine Ankunft zu ehren, umhüllte ich mein Leben mit Ruhm und machte daraus einen schönen Palast, in dem er wohnen sollte. Jetzt ist er gekommen ... Sie sind es.«
Nun also war es gesagt. Sie errötete nicht, sie blieb ruhig. Sie war so schön, daß er meinte, die Wärme ihres Gesichtes zu spüren. Kurz darauf fragte sie, in welcher Klasse Santos Iturria sei. Dann redete sie nur noch von nebensächlichen Dingen. Sie trennten sich früher als gewöhnlich.
Unvorhergesehen, fast unbemerkt war der Gipfelpunkt erreicht – und schon vorüber, in tiefem Schweigen. Diesmal war es ein vollständiger Mißerfolg. Joan-

ny tobte innerlich, daß er vergeblich gelogen hatte. Denn schließlich arbeitete er durchaus nicht für Ferminas schöne – zweifellos sehr schöne Augen. So mußte es kommen; und jetzt verachtete er sie, diese Frömmlerin!
Am folgenden Tag und allen anderen Tagen bis zu den Pfingstferien blieben sie ständig in Mama Dolores' Nähe und tauschten nur noch Höflichkeitsfloskeln.

16

Camille Moutier ging in die Quinta. Mit seinen dreizehn Jahren war er ein kleiner bleicher Junge, dessen braunes Haar immer zu kurz geschnitten war und dessen Augen traurig dreinblickten. Man konnte vermuten, daß diese Augen einmal lebhaft und frech gewesen waren, früher, vor seinem Eintritt ins Internat. Denn er war nicht für das Internatsleben geschaffen. Für ihn bedeutete es eine täglich erneuerte Folterqual. Wenn man ihn beobachtete, erkannte man, daß er sich so lange ans Leiden gewöhnt hatte, bis das Leid sein bester Freund geworden war.

Er wollte nichts anderes als sich ganz klein machen, verschwinden. Er kannte den Schmerz, der in Form von Ermahnungen und Strafen von den Lehrern und einer blinden Verwaltung herkam. Und er kannte auch den Schmerz, den ihm die anderen einflößten, die brutalen Kameraden; vor allem jene, die eine Seele durch schreckliche Verhöhnungen und Demütigungen quälen, bis in einem der Wunsch wach wird, zu sterben. Er hatte sogar schon einige Male daran gedacht, sich zu töten; doch eine religiöse Furcht hielt ihn stets zurück. So ergab er sich dem Leben. Ja, er versuchte fröhlich zu erscheinen, um sich nicht durch eine trübe Miene noch mehr Verfolgungen auszusetzen. Manchmal, wenn er die Tränen kaum mehr zurückhalten konnte, in der Bank seiner Klasse oder im Speisesaal, fing er an, Grimassen zu schneiden, über die alle lachten, und die ihm halfen, sein Weinen zu unterdrücken.

Camille Moutier wurde bald ein sehr schlechter Schüler. Die Strafen und schlechten Noten ließen sich leichter ertragen als die tausend Sticheleien der Kameraden. Er hatte sich in der ersten Zeit wacker geschlagen, und es kam immer noch vor, daß er Fausthiebe austeilte, wenn ein wenig Zorn in ihm aufflammte. Doch sein Zorn hatte sich in der Verzweiflung verbraucht. Die Quälgeister sahen es besonders auf ihn ab. Und sein Stolz vor allem war so empfindlich, daß ihn gewisse Scherze, die andere seelenruhig aufgenommen und ein für allemal mit einer geschickten Antwort zum Schweigen gebracht hätten, wie schwere Beleidigungen trafen und noch in der Erinnerung peinigten. Mein Gott, wir können nun einmal nicht gut sein.

Er wartete auf die Nacht, um nach Belieben weinen zu können. Wenn nicht jemand das Bett *gekippt* hat, wenn nicht eine Schüssel voll Brei zwischen den Laken versteckt ist, kann man weinen nach Herzenslust. Camille Moutier wartete, bis alles schlief; dann stieg ihm sein ganzer Kummer in die Augen, floß über und rann sachte über die Wangen. Ich habe manchmal auf diese großen Kinderverzweiflungen gehorcht: Man hört kein Schluchzen, man hört nichts als *ein kleines Pfeifen,* in langen Abständen. Wenn ein Aufseher wachte, konnte er meinen, ein Schlingel pfiffe zum Spaß.

Daher war das Glück, das die Ferien ihm schenkten, fast zu gewaltig für den kleinen Moutier. Die Ferien! Er genoß sie in jeder Minute. Es waren Begegnungen mit sich selbst, er fand sich wieder, frei und fröhlich wie vor seinem Eintritt in das Internat. Für ein paar

Tage oder Wochen hörte er auf, ein armes, leidendes und weinendes Geschöpf zu sein. Und seine Eltern, die ihn so glücklich und aufmerksam seinen Spielen hingegeben, so »ganz kindlich« fanden, wurden tief gerührt von der Sorglosigkeit und dem ungetrübten Glück der Kindheit; jener Kindheit, wie sie Frau Amable Tastu und Victor Hugo besungen haben: als die schönste Zeit des Lebens.

Fermina Márquez' Erscheinung im Dasein des Internats nahm den Ferien des kleinen Moutier viel von ihrer Köstlichkeit. Jetzt hatte er etwas gefunden, was er in seiner Hölle lieben konnte. Von der ersten Minute an war er sicher, daß er es nie wagen würde, sich ihr zu nähern, daß er nie etwas für sie sein konnte. Ehe sie ihn überhaupt erblickt hatte, betete er jeden Abend für sie. Er war eifersüchtig auf Santos, und er war eifersüchtig auf Léniot. Im Geist weihte er sich ihr, für immer, sah nichts anderes mehr auf der Welt, taub, verzückt.

Er begann wieder zu leben.

Mehrere Raufereien, bei denen er die Oberhand gewann, hielten die Quälgeister eine Zeitlang von ihm ab. Da wagte er es, sich dem kleinen Márquez anzuschließen, der ebenfalls in der Quinta war. Es bereitete ihm Vergnügen, mit Márquez gesehen zu werden. War er ihr so nicht näher, verbanden diejenigen, die ihn an Márquez' Seite sahen, nicht seinen Namen mit dem, der auch der ihre war? An die Wände und Mauern pflegte man die Namen derer zu schreiben, die unzertrennlich geworden waren; allzu exklusive Freundschaften wurden auf diese Weise ins Lächerliche verzerrt, und die Verfolgung ging so weit, daß es manchmal zum Bruch kam. Am Tage, da Camille Moutier an den Wänden der Reitbahn die Inschrift fand: Moutier und Márquez, war er glücklicher als jemals zuvor seit seinem Eintritt in Saint-Augustin. Ob sie das gelesen hat? . . .

Alles, was er sagte, brachte er mit ihr in Verbindung: Von ihrem Bruder reden, das hieß für ihn doch wieder von ihr reden; von Paris sprechen, wo sie wohnte, hieß wieder von ihr sprechen; und von Kolumbien, von Amerika, von spanischer Geschichte, von der Schlacht von Rocroi sprechen, das hieß immer und immer nur von ihr sprechen. Seine Fortschritte in Kastilisch waren erstaunlich: Aber war dies nicht Fermina Márquez' Muttersprache? Und in diesem fremdländischen Vornamen, Fermina, sah er etwas Wundervolles, das alle Schönheit der Welt enthielt. Nie war ein schöneres Wort dem Munde eines Menschen entsprungen. Er hätte wohl kaum je den Mut gefunden, laut vor sich hinzusagen: Ferminita. Diese Koseform war zu familiär, rückte ihr zu nah.

Und doch, wenn er nur einmal von ihr erblickt werden könnte . . . nur erblickt! . . . Zu Pfingsten hatte er die glückliche Gelegenheit, einen ganzen Tag in Paris zu verbringen, einen richtigen, lebendigen Pariser Tag, keinen dieser trüben, verdrießlichen Sonntage, an denen alle Läden dicht verschlossen sind, nur damit die Schüler der Internate und der Kriegsschule von Saint-Cyr sie nicht besichtigen können. Dabei sieht es noch so aus, als lächelten die Militärschüler geheimnisvoll, wenn sie an den verhängten Auslagen vorüberkommen; sie haben am letzten Donnerstag in die Schaufenster geguckt. Für die Jungen aus dem Internat aber gibt es keine Schaufenster, sie könnten darüber ihre Aufgaben vergessen. Sogar die Buchhandlungen sind untersagt; Gymnasiasten haben sich mit Klassikerausgaben zu begnügen, die zeitgenössische Literatur ist nicht für sie geschrieben worden. Ganz davon abgesehen, daß sie nichts taugt: Die Herren Oberaufseher, die sich mit konfiszierten Romanen ganze Bibliotheken aufbauen, geben einem zu verstehen, daß ein Autor erst dann beginnt, Talent zu haben, wenn er mindestens fünfundsiebzig Jahre tot ist.

Camille Moutier hatte einen ganzen Samstag bei seinem Schulpaten in Paris verbracht, der sich plötzlich auf das Dasein des kleinen Internatszöglings besonnen und ihn von einem Diener aus Saint-Augustin hatte holen lassen. Es artete zu einer rechten Plage für den Diener aus; mußte er doch so tun, als nehme er alles das auf, was der kleine Junge ihm von Amerika und den Herrlichkeiten der kastilischen Sprache erzählte. Sowie Camille Moutier in der düsteren Wohnung in der Rue des Saints-Pères angelangt war, wurde er einem Neffen des Hausherrn anvertraut, einem jungen Mann von zwanzig Jahren, der Jura studierte.

Camille hatte ihn schon einmal gesehen, diesen langaufgeschossenen Studenten der Rechte, aber er hätte nicht sagen können, wo und wann. Die Wohnung und die Familie kamen ihm immer so vor wie Dinge und Menschen, die man im Traum erblickt hat, in einem Traum, der manchmal wiederkehrt, aber nie für so lange, daß der Anblick der Räumlichkeiten und die

Züge der Menschen sich in das Gedächtnis des Schlafenden einzeichnen könnten. Selbst das Bewußtsein von den verwandtschaftlichen Beziehungen dieser Familie blieb undeutlich; war zum Beispiel die alte Dame ein Gast, der jeden Sonntag erschien, eine Tante aus der Provinz, oder vielleicht die Mutter seines Beschützers? Er verwechselte die verschiedenen Familienmitglieder, mit Sicherheit erkannte er nur den Freund seiner Eltern wieder: der trug stets einen Gehrock mit Seidenrevers und ein schwarzes Samtkäppchen.

Camille durfte sie ruhig übersehen – sie machten sich ihrerseits keine Umstände seinetwegen, setzten in seiner Gegenwart ihr tägliches Leben fort, redeten von Dingen und Leuten, die er nicht kannte. Es war ein Traum, weder gut noch schlecht, eher ermüdend; denn wenn er es auch sorgfältig vermied, sich in die Tätigkeiten der anderen einzumischen, so mußte er sich doch zusammennehmen und antworten, wenn man ihn etwas fragte. Bei Tisch zum Beispiel weiß man ja nie, ob man wirklich gemeint ist, wenn eine Frage gestellt wird.

An diesem Sommertag also träumte Camille Moutier unter dem frisch blau gestrichenen Plafond der Straßen, daß er mit Gustav spazierengehe, dem Phantom, das Jura studierte. Gustav wiederum schämte sich ein wenig, mit einem Pennäler gesehen zu werden. Es schien in seinen Augen keine Möglichkeit eines Gesprächs zu geben; sie hatten nichts miteinander gemein. Ein verlorener Tag. Ach was! Es würde genug andere Sommertage geben, die ihn für diesen hier entschädigen sollten. Tage, die man in sehr viel interessanterer Gesellschaft verbrachte! Einsilbig gab er Antwort, wenn Camille Moutier ihm ausführlich die Entdeckung Dariens erklärte, die Expedition von Balboa, und wie aus Neugranada Kolumbien geworden war. Dieser kleine Kerl kannte sich aus in der Erdkunde. Etwas später kam ein heftiges Beben in seine Stimme, und Gustav, der gar nicht mehr an ihn dachte, horchte auf. Der Kleine sprach von einem seiner Kameraden, Francisco Márquez genannt, und von der Schwester dieses Kameraden, Fermina. Gustav lästerte:

»Fermina! Das nenne ich einen Landstreichernamen! Fermina!«

Vor dem schönen Spielzeugladen an der Ecke der Rue du Louvre und der Rue de Rivoli, unter den Arkaden, blieben sie stehen. Der kleine Junge konnte sich, wie es einem kleinen Jungen zukommt, am Anblick des Schaufensters nicht genug tun. Man mußte den Laden betreten. Und Gustav staunte, als er sah, wie der kleine Junge ein bedrucktes Seidenfähnchen kaufte, das an einem eisernen Stab steckte. Was wollte der kleine Junge nur mit diesem Kotillon-Zubehör? Wirklich, die Erwachsenen haben nicht das geringste Verständnis.

Am ersten Schultag, der darauf folgte, verließ Camille Moutier mit starkklopfendem Herzen während der Mittagspause um ein Uhr den Hof, sowie er Mama Dolores und ihre Nichten im Park erblickte. Als er außer Sichtweite des Lehrpersonals war, fing er an zu laufen, wie ein schönes, mit den Farben seiner Dame geschmücktes Roß, und kam an Fermina Márquez

vorüber, in der Hand eine kleine kolumbianische Flagge, die im Wind flatterte!
»Ach«, rief das junge Mädchen, »die Fahne meines Landes!«
Camille Moutier hielt im Lauf an, kehrte zurück und stammelte:
»Ich wollte sie Paquito bringen; wo ist er, Mademoiselle?« Die Antwort wartete er gar nicht erst ab.
Es war schon zu viel für ihn. Er rannte davon.
Das war sein großes Abenteuer in diesem Jahr.

17

Santos Iturria erschien nach den Pfingstferien im Internat mit strahlendem Gesicht. Für ihn waren die Ferien bedeutungslos; es kam kaum vor, daß er einmal an einem freien Tag um Ausgeherlaubnis bat. Er schien sich aus diesen Ausflügen nicht viel zu machen; seine nächtlichen Eskapaden in Begleitung des Negers genügten ihm. Aber als in jenem Jahr die Pfingstferien näherrückten, hatte er alles getan, um ausgehen zu dürfen. Es war ihm gelungen, sich von einem jungen Sekretär der mexikanischen Gesandtschaft, den er auf Montmartre kennengelernt hatte, einladen zu lassen.

Joanny Léniot sah sich selbst ganz richtig, als er sagte, sein Geist sei langsam, er begreife nicht sofort. Nicht einmal an dem Tag nach Schulbeginn, als Santos ihn in einem Gang traf und ihn anredete: »Kleiner Léniot, es gibt hier zwei Menschen, denen Sie ziemlich lästig fallen« – nicht einmal da hatte er begriffen. Er mußte erst mit eigenen Augen sehen.

Und er sah.

»Die Chica wird sofort hier sein«; mit diesen Worten empfing ihn Mama Dolores. Er antwortete sehr ruhig: »Ja, sie ist mit dem älteren Iturria in der Hagebuchenlaube.«

»Ach, wirklich?« meinte Mama Dolores gleichgültig. Pilar richtete ernst einen ihrer schönen Blicke aus schwarzem Feuer auf ihn. Ob dieses Kind Bescheid wußte? Vielleicht hatte sie Mitleid mit ihm. Das fehlte noch!

»Wenn sie wiederkommt, sagen Sie ihr doch bitte, daß ich sie auf der Terrasse erwarte.«
Er stieg hinauf. Einige Minuten später stand Fermina Márquez neben ihm. Er sagte ihr nicht guten Tag, sondern zeigte ihr mit einer theatralischen Geste Paris; den leichten grauen Dunst, den man am Horizont erkennen konnte.
»Mir und meinesgleichen ist es zu danken, daß diese Stadt ihren Namen *Stadt des Lichtes* erhielt – verstehen Sie?«
Sie erwiderte nichts.
»Verstehen Sie?«
Da sie offenbar entschlossen war zu schweigen, wandte er sich ihr ganz zu und offenbarte ihr die große Wahrheit:
»Ich bin ein Genie.«
Sie sagte nichts. Sie hatte eine ganz andere Szene erwartet. Sie empfand sogar Erleichterung, daß die Dinge diese Wendung nahmen. Er seinerseits betrachtete sie mit einer Kaltblütigkeit, die er noch nie in ihrer Gegenwart empfunden hatte. Er brachte es sogar über sich, ihr in die Augen zu sehen, ohne in Verzückung zu geraten. Es schien ihm, als trüge er in sich selbst eine Schönheit, neben der die Schönheit des jungen Mädchens sich ins Nichts auflöste.
»Als ich zu Ihnen sagte, ich arbeitete, um Ihnen oder irgendeiner Frau zu gefallen, habe ich gelogen. Ich habe gelogen und bin stolz darauf. Ich arbeite für mich allein. Mich beherrscht ein so großer Ehrgeiz, daß nur die Gewißheit unsterblichen Ruhmes ihn befriedigen könnte. Ich wundere mich wirklich, wieso Sie nicht

eher erkannten, daß sie es mit einem genialen Menschen zu tun haben.«

Er grinste, doch gleich fuhr er wieder ruhig fort:

»Man kann sich täuschen, tatsächlich. Zumal in mir, der ich nichts besitze als mein Genie und leider keinerlei *Dekorum* aufzuweisen habe, wie man so sagt; völlig ohne jede Brillanz, ohne Talent für Konversation und andere gesellige Dinge, ja sogar fast ohne Intelligenz. Doch, ich trage einzig und allein die Last meines Genies, das man einem sehr hohen, steilen und schwarzen Gebirge vergleichen könnte, und dessen Äußeres viel zu streng für Ihre Augen ist, mein Fräulein. – Oh, hören Sie mich bis zu Ende an, ich werde Ihnen nichts sagen, was Ihnen Schmerz zufügen könnte. Kommen Sie, setzen wir uns.«

Er ergriff ihre Hand und zog sie mit sich. Sie gab nach, wünschte nicht einmal, zu gehen. Sie wußte, daß er sie soeben in der Laube mit Santos gesehen hatte. Nun schien es ihr, als handele es sich nicht mehr darum, sondern um viel schwerwiegendere Dinge, die sie nicht recht verstand.

Er sagte:

»Die Liebe keiner Frau wird je genügen, mein Herz auszufüllen. Was ich will, ist Ruhm. Und zwar den wahren Ruhm, um den man nicht gebeten hat. Rings um mich sehe ich gute Schüler, die nicht damit zufrieden sind, pünktlich zu sein und ihre Aufgaben fehlerlos abzuliefern; sie halten es für nötig, ihre Stellung durch allerlei kleine Intrigen zu verbessern, sie versuchen, den Aufsehern gefällig zu sein, lachen über jeden Witz, den der Lehrer beim Unterricht macht. Ich für meinen Teil kann das nicht: mein Gesicht ebenso wie meine Seele sind zu ernst. Ich arbeite, ohne den geringsten Eifer an den Tag zu legen – aber wenn Sie wüßten, mit welch wilder Anspannung! Sogar die Lobsprüche nehme ich mit gespielter Gleichgültigkeit hin. Mit einem Wort, ich habe es gern, wenn mich die Lehrer alle nicht mögen und trotzdem gezwungen sind, mir die besten Noten zu geben.

Mein Pate in Paris ist Julien Morot, der Romanschriftsteller. Anscheinend ist er berühmt. Ich habe so viel Achtung vor dem Ruhm, daß ich sogar den seinen respektiere, den ich um nichts in der Welt geschenkt haben möchte. Es ist ein Ruhm von der Art eines *allseits geschätzten* Kaufhauses, er wird nur durch unaufhörliche Reklame aufrechterhalten. Diese Reklame wird mit Diensten erkauft, die man einflußreichen Leuten erweist, mit Diners und Empfängen, ja sogar unmittelbar mit Geld. Und er selbst, der Autor, weiß, was der Ruhm wert ist. Eines Tages hat er zu mir gesagt: ›Schaff dir Verbindungen, das ist das einzige Mittel, anzukommen.‹ Verstehen Sie, das bedeutet, daß er seinen Ruhm verachtet, der für ihn ein Handelsobjekt ist, aus dem er jährlich soundsoviel Gewinn zieht. Er hätte gerne Zeit zur Verfügung, um nach seinem eigenen Wunsch und Willen zu schreiben, er würde gerne das befreien, was an Genialem in ihm steckt. Doch er ist ins Räderwerk geraten; die Verleger, die Redakteure der Zeitschriften überhäufen ihn mit Aufträgen. Man läßt ihn nicht in Ruhe. Und er selbst weiß, wie leicht sein Ruhm wiegt: Zehn Jahre nach seinem Tod wird sein Name in tiefster Vergessenheit dahindämmern, und gerade diese Berühmtheit, deren er sich jetzt erfreut, wird ihm bei der Nachwelt schaden; denn die Verachtung, die dann seine Werke der Reifezeit trifft, wird auch seine zwei, drei ersten Bücher überschatten. Er hat sie, wie er sagt, naiv hingeschrieben, voll Glauben und Begeisterung, seine zwei oder drei frühen Bücher, die zweifellos den besten Teil seines Werkes darstellen. Und er weiß das alles. Manchmal habe ich gedacht: Warum zieht er nicht ein bescheidenes Einkommen, Verkanntheit zu Lebzeiten und dafür den Nachruhm jener künstlichen Berühmtheit und dem Raubbau an seinem Talent vor? Eines Tages gab er mir eine furchtbare Antwort darauf. Als ich ihm von einer modernen literarischen Richtung erzählte, sagte er: ›L'art pour l'art, das ist sehr hübsch, aber sieh einmal, man muß doch leben.‹ Und er sah auf seine Frau und seine Kinder. So hat er sogar das Recht auf Armut verloren.

Jetzt, wo ich am Beginn meines Lebens stehe, verstärkt Julien Morots Beispiel meine instinktive Haltung. Ich werde meine politische Karriere Prinzipien unterordnen, die denen seines künstlerischen Lebens genau entgegengesetzt sind. Ich werde mich an nichts binden und an niemanden. Meine Vereinzelung wird vollkommen sein, sie ist es schon. Ich werde in der Stille und im Dunkel bleiben, ich werde die Welt fliehen. Meine Jugend wird der des Leutnants Bonaparte gleichen. Wenn es nottut, werde ich geduldig die Verächtlichkeiten der Welt ertragen, die Spötteleien der Dummköpfe, und ruhig werde ich dem ungläubigen Lächeln meiner Nächsten die Stirn bieten – doch

an dem Tag, da meine Sonne über den Menschen aufsteigt, werden sie alle in meinem morgendlichen Strahlenglanz niederknien!
Ich kann warten. Ich habe Geduld. Schon so lange habe ich gewartet. Seit ich denken kann, seitdem ich etwas empfinde, habe ich mein Genie in mir gespürt. Daher habe ich mich daran gewöhnt, verkannt zu sein. Meine Mutter nahm mich zur Schneiderin oder zum Kaufmann mit, und ich wunderte mich darüber, daß weder die Schneiderin noch der Kaufmann das Genie in diesem Kind erblickten. Es war unrecht von mir, mich zu wundern. Heute noch sehen diese Leute das Genie in mir nicht, sie haben dafür keine Augen. Sie wissen nicht einmal, daß ich ein guter Schüler bin; oder, falls meine Mutter es ihnen gesagt hat, haben sie es wieder vergessen. Sie grüßen mich mit übertriebener Ehrerbietung, doch nur, weil sie gehört haben, daß mein Vater zweihunderttausend Franken jährlich in der Seidenindustrie verdient. Sie ehren in mir die Macht des Geldes, das *ich* verachte. Meinem Genie werden sie nicht eher Achtung erweisen, als bis sie mich gelassen und übelgelaunt zu Pferde vor der ganzen Armee einherreiten sehen.
Ich erinnere mich noch daran, wie alte Leute zu uns ins Haus kamen, ich war damals neun Jahre, ja sogar erst sieben Jahre alt. Ihr Leben war abgetan, ruhmlos erreichten sie die Schwelle des Grabes. Ruhmlos – welch schreckliches Wort! Hatten sie überhaupt jemals den Ruhm ersehnt? Trugen sie wenigstens in ihrer Seele die majestätischen Trümmer einer zerbrochenen Hoffnung? Nein, sie hatten nie irgendwelchen

Ehrgeiz gehabt. Sie waren Studenten in Paris gewesen, und dann hatten sie sich als Notare oder Anwälte in der Provinz niedergelassen. Sie waren stolz darauf, niemals chimärischen Wünschen nachgeträumt zu haben, das heißt, nichts Großem, ihr Leben lang. Und ich, der kleine schweigsame Junge, den man übersah, ich verachtete sie in meinem Herzen. Sie hatten das Leben still durchquert, wie Tiere, deren Blick von Natur aus zu Boden gerichtet ist und die sich sklavisch ihren groben Neigungen hingeben . . .«

Er hielt einen Augenblick inne. »Dieser Satz ist von Sallust«, sagte er und fuhr fort:

»Und dabei wußte ich damals doch kaum, was Ruhm und Ehrgeiz sind und all die Leidenschaften, die mich jetzt erfüllen . . . Manchmal empfingen wir auch bei uns Kaufleute, Finanzmänner, kurzum alle möglichen vulgären Leute. Da ich nun niemals das Wort an sie richtete – denn ihr Anblick allein bereitete mir Übelkeit –, hielten sie mich für ein zurückgebliebenes Kind und fragten mich: ›Nun, wie heiße ich denn?‹ Eines Tages habe ich geantwortet, mit äußerster Langsamkeit und äußerster Sanftmut: Schlaf-mütze. Mein Vater gab mir eine Ohrfeige, aber ich versichere Ihnen, die Wirkung meines kleinen Hiebes war auch nicht schlecht.

Ach, mein Fräulein, grenzenlos sind meine Bescheidenheit und meine Demut! Solange ein Mensch nicht ausdrücklich in meiner Gegenwart sein Genie verleugnet hat, glaube ich daran. Aber beinahe alle Menschen geben sich, mit einer gewiß bemerkenswerten Treuherzigkeit, alle Mühe, jeden Anspruch auf Genie weit von sich zu weisen. Es gibt sogar welche, die sagen: ›Sobald man nur ein wenig kritischen Geist in sich geweckt hat und im übrigen nicht dumm ist, stellt man fest, daß man kein Genie hat‹. Auf diese Art etwa bekennen sie sich zu ihrer Nichtigkeit, erlegen sie sich selbst diese furchtbare *Diminutio capitis* auf. Wie viele haben so vor meinen Augen abgedankt! – *Jetzt,* mein Fräulein, sollen Sie mein Glaubensbekenntnis hören: Ich verachte den kritischen Geist, ich hasse das Wissen, ich achte nichts als die menschlichen Leidenschaften, denn nur sie zählen, inmitten aller modernen Narreteien!«

Er hatte nicht den Blick von ihr gewandt. Er sagte ihr verrückte Dinge – Dinge, die er sich zu anderer Zeit selbst nicht eingestanden hätte. Und trotzdem beherrschte er sie. Was sie betraf, sie hatte sich darein ergeben, sie ließ ihn schwärmen. Sie blieb, hörte kaum auf das, was er sagte, wartete, bis er geendet haben würde. Und er fuhr fort:

»Bedenken Sie bitte ein wenig meine Lage. Bin ich nicht wie ein Mann, der in einem Keller Milliarden versteckt hält? Und dieser Mann lebt nun in einer kleinen Stadt, er kann nicht hinaus aus dieser kleinen Stadt, in der es nichts von dem gibt, was Luxus heißt. Er ist gezwungen, wie die anderen Bewohner zu leben, ohne je seine Milliarden auszugeben. Und dieser märchenhafte Reichtum – die Einwohner der Gegend würden gar nicht glauben, daß er ihn wirklich besitzt. Wollte er von seinen Milliarden erzählen, man würde ihm einfach ins Gesicht lachen. – Haben Sie *Das Geheimnis des Herrn Synthese* von Louis Boussenard gelesen? Ich las es mit neun Jahren und erinnere mich noch gut daran. In diesem Buch kommt ein Mann vor, der ist der reichste und weiseste Mensch der Welt, eben der Doktor Synthese. Er besitzt ein Kapital, mit dem er von heut auf morgen den Grund und Boden des Erdballs erwerben könnte. Wenn doch nur mein Tag einst käme, denn auch ich habe genug, wenn auch nicht gerade auf einer Bank, um den ganzen Erdball zu kaufen. Und dieser Tag wird kommen. Er ist ja auch für den Leutnant Bonaparte gekommen. Klingt etwa Joanny Léniot nicht ebensogut? Um meinen Eltern zu schmeicheln, sagen die kleinen Leute bei uns zu Hause gern: ›Wie reich werden Sie einmal sein, Herr Joanny!‹ Sie haben keine Ahnung, wie reich ich tatsächlich sein werde! Sie würden umkommen vor Neid. – Soll ich Ihnen einen Beweis für mein Genie geben? Bitte sehr, hören Sie zu:

Vor einigen Jahren, ehe ich nach Saint-Augustin kam, ließ mich mein Vater eine Zeitlang die Grundschule in unserem Viertel besuchen, in Lyon. Ich muß hinzufügen, daß mein Vater sich mit der Absicht trug, für irgendeine öffentliche Würdenstellung zu kandidieren. Um dem Pöbel zu schmeicheln, steckte er mich in diese Volksschule. Ich mußte sie nach einem Monat wieder verlassen; die Schüler – alle – verfolgten mich und hätten mich am Ende getötet. Man hat damals geglaubt, sie wären neidisch auf meine bürgerliche Kleidung, meine guten Manieren, den Reichtum meines Vaters, kurzum, es kränkte sie, daß ich nicht einer der Ihren war, ein Gassenjunge. Von all dem mag etwas in ihrem Haß gegen mich gewesen sein, aber

dieser Haß hatte einen viel stärkeren Grund: Sie ahnten in mir den genialen Menschen, und diesen genialen Menschen verfolgten die jungen Gallier aus Instinkt.
Und also sprachen sie: Er ist uns völlig fremd.
Ah, der Tag, an dem ich die Front ihrer Legionen abschreiten werde, wenn ich sie erst mit allen anderen Völkern des Imperiums im ungeheuren Schmelztiegel meines Heeres vermischt und aus diesen wilden Galliern des Hinterlandes römische Bürger gemacht habe! Wie werden sie dann aus vollem Herzen rufen, sie, meine Peiniger von ehemals: *Ave Caesar!* – Und wenn die Enkel ihrer Urenkel einst die Geschichte meines Lebens in ihren Geschichtsbüchern lesen, wie werden sie aus Liebe und Bewunderung für mich Tränen vergießen!«
Bedeutungsvoll sah er sie an. Er hätte immer weiter so seine Seele vor ihr enthüllen können. Es bereitete ihm ein schwindelndes Vergnügen. Er hatte keine Ehrfurcht mehr vor ihr; oder zumindest empfand er keine Verlegenheit. Er stand auf, wollte selbst ihr Zusammensein beenden.
»Ich war gekommen, um Ihnen, mein Fräulein, zu sagen, daß ich nicht mehr das Vergnügen haben werde, die freien Stunden in Ihrer Gesellschaft zu verbringen. Ich habe meinen Vater um die Erlaubnis gebeten, ein paar Stunden Malunterricht zu nehmen, um mir während der Großen Ferien im August und September die Zeit in der frischen Luft mit Aquarellmalen vertreiben zu können. Mein Vater hat mir seine Einwilligung erteilt; mit dem Zeichenlehrer ist auch

schon alles besprochen ... Wir werden mit Blumenstücken beginnen, das ist sehr interessant. Kurzum, meine nachmittägliche Freizeit werde ich künftig im Zeichensaal zubringen. Sie erlauben, daß ich Sie verlasse. Ihrer Frau Tante und dem Fräulein Schwester muß ich auch noch Lebewohl sagen ... Mademoiselle ...«

Er verbeugte sich zeremoniell. Es überraschte ihn, daß sie ihm die Hand hinhielt. Und ihr Händedruck war bemerkenswert kräftig; in der Tat, sie hielt seine Hand fest.

Dann ging er, sich von Mama Dolores zu verabschieden, mit derselben Entschuldigung, derselben Lüge. Er dachte bei sich: Begreift sie wohl, daß dieser Malunterricht nur ein Vorwand ist? – Pilar hatte bestimmt verstanden. In ihrem letzten Blick glaubte er ein Bedauern zu lesen: *Ich* hätte nicht nein gesagt. Aber kann man so etwas je wissen? Joanny überlegte: Vielleicht habe ich diesen Blick falsch ausgelegt; warum sollte nicht auch in mir, wie in jedermann, etwas Eitelkeit sein?

Unterdessen war er bereits auf dem Weg, eine Zwiesprache mit dem Herrn Studienpräfekten zu erbitten. Schon morgen mußte er unbedingt mit dem Malunterricht beginnen, ohne erst die väterliche Erlaubnis abzuwarten, deren er ohnehin sicher war. Er würde sie heute abend in einem Brief einholen. Der Pförtner ließ ihn im Vorzimmer warten. Joanny sah sich einem Spiegel gegenüber. Da es im Innern des Internats nichts gab, worin man sich hätte spiegeln können, wurden einem die eigenen Züge bald fremd und man kannte das Gesicht eines Kameraden besser als sein eigenes. Dieser oder jener Narziß besaß wohl einen kleinen Taschenspiegel, den er in großer Heimlichkeit benutzte. Joanny aber war anders; und so fand er jetzt in diesem Spiegel sein Gesicht wieder, wie man einen Menschen wiedersieht, der einem vertraut ist und dessen Antlitz man bei jeder neuen Begegnung prüfend betrachtet. Bei einem solchen Blick in den Spiegel gelangt man wohl dazu – soweit es einem überhaupt gegeben ist –, sein Mienenspiel zu verändern. Mit Überraschung, in die sich Ärger mischte, erblickte Joanny diese und jene seiner typischsten Eigenheiten klar in die Züge seines Gesichts eingezeichnet. Der allzu aufmerksame Augenausdruck, diese Falte auf der Stirn; das mußte verschwinden. Ja, ein *strenges Gesicht,* das konnte man behaupten. Ein matter Teint, braune Augen, und vor allem eine weitgehende Unbeweglichkeit der Gesichtsmuskeln; Wangen, die nicht zu lächeln vermögen, ein schweres und hartes Antlitz, wenngleich von feiner, fast klassischer Zeichnung – ein *römisches* Gesicht.

Eine elektrische Klingel rief den Pförtner in das Arbeitszimmer des Studienpräfekten. Dann kehrte er zurück, um *den Schüler Léniot* hineinzuführen.

Der Schüler Léniot begrüßte den Herrn Studienpräfekten. Er legte ihm seinen Wunsch dar, das Aquarellmalen zu erlernen, und in wenigen Minuten war alles geregelt. Des weiteren teilte er mit, daß seine Freizeit ja nunmehr durch den Unterricht ausgefüllt sein werde und er sich folglich *den Damen Márquez* nicht mehr bei ihren Spaziergängen werde anschließen kön-

nen. »Es wäre vielleicht günstig, wenn mich ein anderer Schüler bei den Damen ersetzen könnte«, fügte er mit einer leicht ironischen Betonung hinzu, die dem Studienpräfekten vollständig entging.
»In der Tat, aber wer kommt dafür in Frage?«
»Ich bin sicher, daß sie es sehr zu schätzen wüßten, wenn Santos Iturria ihre Begleitung übernehmen würde.«
»Einverstanden. Richten Sie doch bitte Herrn Iturria aus, daß ich ihn sprechen möchte ... Ach richtig, Herr Léniot« – Joanny war bereits auf dem Weg zur Tür, als der Studienpräfekt ihn mit diesen Worten noch einmal zurückrief –, »ich kann es Ihnen ja ruhig gleich sagen: Sie sind von der Lehrerkonferenz dazu ausersehen worden, die lateinische Rede an Seine Eminenz zu halten. Seine Eminenz wird uns in etwa zwei Wochen besuchen; seien Sie zu dem Zeitpunkt bereit. Ich spreche Ihnen meinen aufrichtigen Glückwunsch aus und bin gewiß, daß Sie bei dieser Gelegenheit die Ehre des Internats und Ihre eigene zu wahren wissen. Jetzt möchte ich Sie nicht länger aufhalten.«
Die Arbeitsstunde hatte schon begonnen. Als Léniot an der Prima vorüberkam, hielt er inne, öffnete die Tür und trat ein. Er überbrachte dem Aufseher die Anordnung des Studienpräfekten, Santos Iturria zu ihm in sein Studierzimmer zu schicken. Er wird also erfahren, daß ich es bin, der ihre Begegnungen begünstigt, dachte Joanny. Er empfand keinerlei Eifersucht.
Er war sogar ausgesprochen zufrieden. An seinem Platz, in der eigenen Klasse, suchte er sich in aller

Ruhe die Ursachen dieser Zufriedenheit klarzumachen. Da war zunächst die große Neuigkeit, die ihm der Präfekt soeben mitgeteilt hatte: Er wurde damit ausgezeichnet, die lateinische Ansprache vor dem Erzbischof zu halten. Bis zu dieser Ehre hatten sich seine Wünsche bisher noch nicht verstiegen.
Wenn die Klasse das erfährt! – Und erst meine Eltern!
Aber etwas anderes erfüllte ihn mit noch größerer Befriedigung: die Rede, die er vor Fermina Márquez gehalten hatte. Er hatte sie unentwegt memoriert, wie er während der Pausen, im Hof hin und hergehend, seine besten französischen Aufsätze memorierte; er trug sie tagelang *in seinem Kopf*, bosselte daran herum, änderte, strich ein Adverb, stellte einen ganzen Satzteil um. Und eine Stunde bevor die Reinschrift abgeliefert werden mußte, schrieb er seinen Aufsatz nieder, ohne auch nur mehr ein Wort zu verbessern. So kam es, daß er imstande gewesen war, seine ganze Abschiedsrede an das junge Mädchen ohne zu zögern hintereinander vorzutragen. Er war befriedigt: Dieses Mal hatte er die Gewißheit, sich nicht lächerlich gemacht zu haben.
Ein klein wenig bedauerte er, stärkere Ausdrücke gebraucht zu haben: Kaufleute, Finanzmänner, alle möglichen vulgären Leute; und dabei war Vater Márquez Bankier! Doch nein, es war keine Dummheit gewesen. Die ganze Zeit über, während er sprach, hatte Joanny auf dem Grund seines Bewußtseins gespürt, daß ihn eine verborgene Kraft antrieb, dies alles zu sagen, und daß es einen vollkommeneren Sinn enthielt, als er selbst geglaubt hatte. Denn er hatte

wiederum gelogen. Sein Genie, zum Beispiel! Zum ersten Mal hatte er, auch vor sich selbst, behauptet, daß Genie in ihm stecke. Wenn er diese Lebensgeschichte von Benjamin Franklin las, glaubte er nicht an sein eigenes Genie. Wenn in der Klasse die Arbeit eines anderen Schülers vorgelesen wurde, bestaunte er tausend subtile Gedanken, tausend Feinheiten in der Übersetzung, auf die er selbst nie gekommen wäre. Wie oft hatte er die Wahrheit jenes Gefühls empfunden, von dem es im Vers heißt:

Und mein Genie erstaunt und zittert vor dem seinen.

Wirklich, es gab in seinem Dasein zum Ausgleich für die Augenblicke, in denen es ihm schien, als erfülle seine Persönlichkeit die ganze Welt, Tage und Tage, in denen er zum Punkt zusammenschrumpfte, in denen der Kosmos so riesenhaft war, daß die Vorstellung von seiner eigenen Nichtigkeit ihn entsetzte. So war er wenigstens aufrichtig gewesen, als er von seiner Bescheidenheit und Demut sprach. Dagegen lag wieder Künstelei in dem *Beweis,* den er für sein Genie geliefert hatte. Während er von der Verfolgung durch die anderen redete, war ihm diese Gedankenverbindung gekommen: Jean-Jacques Rousseau – Verfolgungswahn – Genie. Es war ein doppelter Beweis: Ein unmittelbarer lag in der Verfolgung, die er als Genie erlitt; und ein mittelbarer darin, daß sich der geniale Mensch oft verfolgt fühlt. Ja, das war sehr überzeugend!

Im Grunde lief seine ganze Beredsamkeit auf folgenden Gedanken hinaus: Sie haben zwischen Santos Iturria und mir gewählt. Nun gut. Aber Sie sollen wissen, wen Sie verschmäht haben, und Ihre Wahl bereuen! Keinen Augenblick war ihm eingefallen, ihr Koketterie vorzuwerfen, ihr zu sagen, wie sehr diese Koketterie ihren religiösen Redensarten widersprach, kurz und gut, sie der Heuchelei anzuklagen. Und genau das hatte sie doch gefürchtet! Und genau darum war sein Abschied ein Akt der Herzensgüte gewesen.

Ohne Übergang dachte er an die schönen, ernsthaften Augen der kleinen Schwester. *Ich hätte nicht nein gesagt.* Er rief sich alle Gesten und reizenden Manieren Pilars ins Gedächtnis. Eines Tages, als ihre Haarschleife sich löste, hatte er ihre offenen Haare bis auf die Schultern niederfallen sehen, Haare von einem vollkommenen Schwarz, die sich hart und schwer anfühlen mußten. Fermina hatte die Schleife wieder zugebunden und dabei die Haarflut in ihrer Faust zusammengerafft . . . Ob sie im selben Zimmer schliefen? . . . Ich hätte nicht nein gesagt. Er bewahrte die Erinnerung an diesen Blick, als wäre es die Erinnerung an eine echte Zärtlichkeit, bei der man errötet und Schauer durch die Adern rinnen fühlt.

An den Donnerstagen kamen meistens die Mutter und die Schwestern Requenas, eines Jungen aus der untersten Klasse, um den Nachmittag in Saint-Augustin zu verbringen. Es waren drei kleine Kubanerinnen mit kühnen Augen: Pilar, Encarnación und Consuelo, sechzehn, fünfzehn und vierzehn Jahre alt. Joanny hatte oft von ihnen reden hören und sie auch hin und wieder gesehen. Man erzählte, daß sie sich küssen ließen, an allen Ecken und Enden des Parkes. Sie liebten die Küsse um der Küsse selbst willen, nicht wegen der Knaben, von denen sie sie erhielten. Daher waren sie auch keineswegs eifersüchtig, und man durfte vergleichen und sich ein Urteil bilden, ob sechzehnjährige Lippen süßer sind als vierzehn- oder fünfzehnjährige.

Fünfzehn Jahre. Joanny wurde gewahr, daß eine sinnliche Empfindung allein in der Bezeichnung dieser Altersstufe liegt: fünfzehn Jahre, sechzehn, siebzehn Jahre . . . Man brauchte nur diese Worte laut vor sich hinzusagen und an Mädchen zu denken . . . Im nächsten Schuljahr, gleich am Anfang, würde er Mittel und Wege finden, den Donnerstagnachmittag regelmäßig im Park zu verbringen . . . Ach, ein Mädchen dieser stolzen Rasse zähmen! Sie sollen so leidenschaftlich in ihren Liebkosungen sein, all ihren hochmütigen Mienen zum Trotz . . Und vielleicht sogar schon nächsten Donnerstag, falls die kleinen Requenamädchen kamen . . .

Oder auch während der Ferien; auch da würde es eine Gelegenheit geben. Einmal, als er sich ziemlich weit vom Landhaus seiner Eltern entfernt hatte – es war während der letzten großen Ferien –, hatte ihn ein junges Hirtenmädchen, mitten in einem Feld, angerufen und ihn nach einer Magd ausgefragt, die bei seinen Eltern im Dienst stand. Und er, der Tölpel, hatte gar nicht gemerkt, daß dies nur ein Vorwand für das junge Landmädchen gewesen war, mit dem *kleinen Herrn vom Schloß* eine Bekanntschaft anzuknüpfen. Ah, wenn sich ihm wieder eine derartige Gelegenheit böte, er würde sie nicht versäumen. Ende August sollte er ja

gerade sechzehn Jahre alt werden; es war also Zeit für ihn, die Eierschalen abzuwerfen.
Noch jemand fiel ihm ein, ein junges Dienstmädchen, das einmal bei seinen Eltern gewesen war. Damals hatte er kaum zwölf Jahre gezählt. Das Mädchen hieß Louise und war neunzehn Jahre alt. Eines Tages hatte sie ihm einen Zinnsoldaten entwendet, einen Zinngeneral sogar, an dem er besonders hing. Sie hatte so getan, als verstecke sie das Spielzeug in ihrer Bluse zwischen Hemd und Haut, und zu Joanny gesagt:
»Wenn der gnä' Herr will, muß der gnä' Herr halt hier suchen.«
Und er hatte *hier* gesucht, scheinbar voller Zorn, in Wirklichkeit aber verwirrt und rot vor seltsamem Glück ... Vielleicht würde er bei seinen Eltern während der Ferien ein Dienstmädchen von der Art jener Louise vorfinden. Sie war so sauber und freundlich gewesen, die Louise. Eine Dienstmagd? Bah, ein Mädchen ist immer ein Mädchen!
Und falls es not tat, ließ sich leicht vom Landhaus seiner Eltern aus Régny, die nächste Eisenbahnstation, mit dem Fahrrad erreichen. Wenn er gleich nach dem Mittagessen aufbrach, konnte er zwei volle Stunden in Roanne verbringen. Zum Abendessen würde er wieder zurück sein, und niemand zu Hause käme auf die Vermutung, er sei in der Stadt gewesen. Eine Frau ist immer eine Frau, unter allen Kleidern der Welt. Joanny preßte beide Hände aufs Herz; er verlor den Kopf, es wurde ihm rot vor den Augen. Er glaubte zu sterben.

. . . .

... Der Traum, in dem ich den weisen Mentor zu den elysäischen Feldern glaubte hinabsteigen zu sehen, entmutigte mich vollends: Eine heimliche und sanfte Schwermut bemächtigte sich meiner. Ich liebte schon das schmeichlerische Gift, das von Ader zu Ader vordrang und bis hinein in das Mark meiner Knochen. Gleichwohl stieß ich noch tiefe Seufzer aus; ich vergoß bittere Tränen; ich brüllte wie ein Löwe in meinem Zorn. O unselige Jugend! so sagte ich, o ihr Götter, die ihr grausam mit den Menschen nur spielt, warum laßt ihr sie durch diese Jahre hindurchgehen, die doch nur eine Zeit der Narrheit sind und des glühenden Fiebers? Ach, warum bedeckt nicht weißes Haar mein Haupt, warum bin ich nicht tief herabgebeugt und nah dem Grab, wie Laertes, mein Ahn! Süßer wäre mir der Tod, als die schmachvolle Schwäche, die mich jetzo erfüllt.

In der ganzen epischen Masse von Fénelons *Telemach* hatte Joanny nur für zwei Stellen etwas übrig: die Beschreibung der kretischen Weisen im fünften Buch, und dann diesen Abschnitt, in dem Telemach mit dem Schwung und der Übersteigerung der Jugend eben diese Jugend verflucht. Joanny wollte sich dieses Kapitel wieder einmal vornehmen. Bisher hatte er es nur bewundert, weil er darin eine getreue Schilderung dessen sah, was die anderen als Jugend empfanden. Diese Zornausbrüche, diese *Zeit der Narrheit und des glühenden Fiebers,* das galt offenbar nur für die anderen jungen Burschen. Er hingegen war sicher, dem allen zu entrinnen, bis über die Ohren vergraben in seinen Büchern und Heften, mit seinem Stolz als

Panzer und seinem Ehrgeiz als Schild. Nun aber liebte er diese Stelle, ganz im Gegenteil, weil sie ihm seine eigene Seelenverfassung treu widerspiegelte.
Für den Augenblick war er beruhigt, doch in wenigen Tagen, in einer Stunde vielleicht schon, würde die Sünde von neuem auf ihn einstürmen und der Wirbel der Begierden seine Vernunft mit sich fortreißen. Seine Kindheit war beendet. Seine Jugend begann, begann gegen seinen Willen. Wieviel Zeit würden Narrheit und Fieber bei ihm in Anspruch nehmen? Mußte er auf seine ehrgeizigen Pläne, auf den Ruhm verzichten? Würde der Beginn seiner Laufbahn um fünf, um zehn Jahre verzögert werden? Von nun an gab es keine Ruhe mehr. Gewiß, er würde sich an der Spitze der Klasse behaupten, er würde bei den Prüfungen mit Glanz bestehen. Aber um welchen Preis! Was für Kämpfe würde es kosten, inmitten solcher Erregungen! Hätte er wenigstens seine Gläubigkeit bewahrt! Dann wäre Gott jetzt sein Verbündeter im Kampf gegen die Leidenschaften. Doch seit langem bedeutete ihm die Religion nichts weiter als das überlebte Ideal einiger alter Betschwestern.
Joanny rief – nicht das Greisenalter herbei, aber jene Lebensepoche, wo die Wildheit der Jugend verraucht sein würde und er sich von neuem, und nun endgültig, an seine Wörterbücher und Papiere setzen konnte – oder an sein eigenes Leben, das interessanter war als alle Bücher der Welt. – Eben noch hatte ein junges Mädchen ihn zurückgestoßen, und er wäre ihr dankbar, hätte sie ihn zu seinen Büchern und der Vorbereitung seiner großen Zukunft zurückgeschickt. Doch sie

hatte ihn zu ihrer Schwester geschickt – zu ihren Schwestern, zu allen Frauen.

Wie müde war er nun! Und das Leben so abgeschmackt fade. Sein letzter Großer Preis – es machte ihm keinen Spaß, daran zu denken. Selbst der Ruhm hatte seinen Glanz für ihn verloren. Encarnación, die hübscheste der kleinen Kubanerinnen – nein, es war besser, keinen Gedanken an sie zu verschwenden. Da konnte sich leicht eine neue Enttäuschung vorbereiten. Er ging inmitten der Schüler seiner Klasse zum Schlafsaal, erschöpft, verzweifelt, unzufrieden mit der Welt und mit sich selbst, ohne einen anderen Wunsch als den, sich im Schlaf zu vergessen.

Er schlief nicht gut und erwachte erst beim Weckruf des Tambours. Die ganze Nacht über hatte er geträumt, er halte eine Rede auf lateinisch in Gegenwart des Erzbischofs und spreche dabei, *ore rotundo*, eine Unzahl schöner Endungen und erlesener *Wendungen aus: abunt, arentur, ibus, arum . . .*

18

Und also blieb Santos Iturria unbestrittener Herr seiner Eroberung. In einem Monat erwarteten ihn in Paris die Prüfungen für den zweiten Teil des Bakkalaureats, und er hatte alle Aussichten, dabei ehrenvoll abzuschneiden. Während seine Kameraden aus der Oberprima ihre Freizeit damit zubrachten, sich den Kopf mit Formeln und Sätzen aus den Schulbüchern vollzupfropfen, spazierte Santos durch den Park, allein mit Fermina Márquez. Mama Dolores begünstigte diese Begegnungen. Sie hatte von Anfang an eine Neigung zu den Brüdern Iturria gefaßt. Und Santos hatte sie besonders ins Herz geschlossen, seit jenem Pfingstsonntag, da ein junger, äußerst distinguierter Herr am Ausgang der spanischen Kapelle an der Avenue de Friedland lächelnd auf sie zugetreten war, und da sie plötzlich, unter einem hohen, glänzenden Hut, das große schöne Gesicht Santos' in seiner Frische und Offenheit erblickt hatte. Er war wirklich ein Mann, und zwar *ein Herr aus bestem Hause,* wie die Kreolin es nannte.

Und dabei hatte sie ihn schon zuvor zweimal in Paris gesehen, aber des Nachts, und unaufmerksam wie sie war, auch noch im Halbschlaf, hatte sie ihn kaum erkannt. »Sieh an, Sie haben freien Ausgang?« Eines Abends war er zu vorgerückter Stunde in der Avenue de Wagram erschienen, um der Chica ein Armband zu überbringen, das die dumme Kleine beim Tennis im Park von Saint-Augustin hatte fallen lassen. Ein andermal hatten sie und ihre Nichten ihn zufällig getroffen, als sie gerade die Opéra Comique verließen; unter dem zivilen Mantel konnte er nur schlecht das Alltagsgewand der Schüler von Saint-Augustin verbergen. Mama Dolores begriff überhaupt nichts davon, um so weniger, als die Chica sie gebeten hatte (ohne nähere Erklärungen abgeben zu wollen), sie möchte nur ja nie Herrn Iturria erwähnen, wenn sie mit dem Herrn Studienpräfekten sprach.

Doch von dem Augenblick an, da sie Santos im hellen Tageslicht auf dem Pariser Straßenpflaster erblickt hatte, einen Santos in Redingote, weißen Handschuhen und feinen Schuhen, erwähnte sie ihn vor aller Welt. Sie war ganz erfüllt von ihm. Sie schrieb sogar ausdrücklich an ihren Bruder in Kolumbien, um Santos Iturrias Loblied zu singen. Sie zog Erkundigungen über die Familie Iturria bei der mexikanischen Gesandtschaft ein. Die Erkundigungen hatten ein durchaus zufriedenstellendes Ergebnis. Mama Dolores dachte an die Chica. *Y cómo no?* Natürlich brauchte nichts übereilt zu werden, beide waren ja noch so jung! Und was hielt überhaupt ihre Nichte von der Sache? Das war der Punkt, die große Frage!

Es erforderte keine Anstrengung, hier klarzusehen. Seit Pfingsten war die Chica einmal allzu fröhlich und dann wieder allzu nachdenklich. An den Tagen, wo man nach Saint-Augustin fuhr, brauchte die Chica eine Stunde länger als sonst für ihre Toilette. Die Chica war ein Mädchen, das geliebt wird, das vielleicht selber liebt.

Auf ihr, der Chica, lastete zunächst eine Sorge: Hatte sie diesen armen Herrn Léniot ins Unglück gestürzt?

Anderseits, war es etwa ihre Schuld? Außerdem handelte es sich hier doch nur um ein Kind. Dann schämte sie sich: Was wird er von mir denken? Sie wünschte, sie hätte ihm niemals Einblick in ihr Herz gewährt, ihm niemals ihre so reinen Gedanken aus der Zeit ihrer Unschuld und Frömmigkeit anvertraut. Heuchlerin! Er wird meinen, ich sei eine Heuchlerin! so sagte sie zu sich selbst, und das Herz von Reue zerrissen, glaubte sie hierin Gottes Strafe für ihren Abfall zu erblicken. Sie wagte kaum noch zu beten.

Indessen, die Welt sollte unsere Gefühle verstehen, anstatt uns zu verdammen. Genau in dem Augenblick, da Fermina Joanny Léniot zum Vertrauten ihrer frommen Gedanken erwählt hatte, begann sie gegen ihre eigene Neigung anzukämpfen, die sie der irdischen Liebe entgegentrieb. Ja, sie hatte diese erbaulichen Unterhaltungen eigens aufgesucht, sie hatte all diese bisher so sorgsam gehüteten Dinge preisgegeben, um sie im Widerstand gegen die Sünde zu stärken. Und diese Erwartung wurde enttäuscht. Je mehr sie ihrer religiösen Glut die Freiheit gab, sich zu offenbaren, desto mehr erlosch sie. Ohne es zu wissen, hatte der Knabe den Todeskampf dieses Gefühls miterlebt, und was er vernommen hatte, waren die Rufe dieser sterbenden Frömmigkeit gewesen.

Eines Abends ließ sie sich, in ihr Zimmer heimgekehrt, auf den Teppich sinken und brach in Schluchzen aus. Sie wollte sich demütigen, alle Sündhaftigkeit vernichten, die sie in sich fühlte, von der sie bald überwältigt würde. Also beschloß sie, so liegen zu bleiben, das Gesicht dem Fußboden zugekehrt, die

Füße zusammengenommen und die Arme wie auf einem Kreuz ausgestreckt, eine Stunde lang. Doch bald ertrug sie es nicht mehr; verzerrt, mit steifen Gliedern, die Adern am Kopf angespannt zum Zerspringen, erhob sie sich und schaute auf das Zifferblatt ihres Weckers: Kaum zehn Minuten hatte sie überstanden. Da stürzte sie sich flammend in das hinein, was sie Sünde nannte. Sie suchte nach keiner Entschuldigung mehr; sie liebte einen Mann, und das hieß, daß ihre Seele verloren war. Sie liebte. Und davon wurde ihre Nacht so schön, daß sie sie ganz durchlebte, daß sie mit Entzücken alle Minuten der Dunkelheit in sich hineintrank und nur noch am Tage schlief.

Das war der Beginn unvergeßlicher Nächte. Da sie es nicht über sich brachte, die Augen zu schließen, wollte sie die ganze Nacht lesen, und zwar gerade jene weltlichen Bücher, die sie bisher verschmäht hatte. Sie las nacheinander die *Kleinigkeiten* von Luis Coloma, *Maria* von Jorge Isaacs, und ein paar argentinische Romane von Carlos Maria Ocantos. Doch sie war viel zu erfüllt, um diesen Autoren eine dauerhafte Aufmerksamkeit widmen zu können. Ihr Lesen war ein Kampf, alle Augenblicke legte sie den Brieföffner zwischen die Seiten, dort, wo sie in ihrer Lektüre gerade angelangt war, und verglich den Teil, der noch aufgeschnitten werden mußte, mit dem, den sie bereits bewältigt hatte. Hin und wieder vergaß sie sich freilich so weit, daß sie doch den Sinn eines ganzen Satzes zu begreifen vermochte. Dann interessierte sie sich für die Personen. Da Romane für sie etwas Neues waren, sah sie nicht hinter der Erzählung die literarischen Kunstgrif-

fe, das Altbekannte, die Mittel und Schliche, die überall weiterhelfen, und die einem schließlich die Freude am Imperfekt und an allen Romanen der Welt verleiden. Sie glich jenen Zuschauern im Theater, die noch nie eine Kulisse gesehen haben und den Bühnenaufbau ohne jeden Hintergedanken bewundern.
Sie fing an zu lesen, sowie sie in ihrem Zimmer angelangt war. Sie streckte sich auf ihrem Bett aus, ohne das Abendkleid auszuziehen, in dem sie sich schöner fühlte, und das sie achtlos zerknitterte. Alle Abenteuer dieser Personen interessierten sie im Grunde nicht, das stand einmal fest; ihr eigenes Herz war zu voll von Gefühlen, ihr eigenes Abenteuer war zu schön. Wenn der Verräter Santos Iturrias Freund geworden wäre, hätte ihn das zweifellos besänftigt und die abschließende Katastrophe wäre vermieden worden. Sie hatte Mitleid mit Currita (in den *Kleinigkeiten*), sie hatte Mitleid mit allen Romanheldinnen, mochten sie nun böse oder unglücklich sein. Sie hatten ja nie zu ihrem Trost oder zu ihrer Stärkung die Liebe Santos Iturrias gehabt ... Sie schloß das Buch und sann über ihr Glück nach. Sie warf zärtliche Blicke auf die Gegenstände, die sie umgaben. Die Lampen des Lüsters, die strahlenden elektrischen Birnen in den Wandleuchtern über dem Kamin und an beiden Seiten des runden Spiegels, alle diese Lichter glänzten rein und unbeweglich und waren ein Ausdruck der Sicherheit inmitten des Reichtums. Die Wände, bespannt mit altrosa Moiréseide, die schweren, kostbaren Möbel, der dichte Teppich, der den ganzen Boden bedeckte, das Gold der Rahmen, die mit Kupfer ausge-

legten Tische und Tischchen, der Schrank mit seinen drei lichten Glastüren – all diese Dinge betrachtete sie mit Wohlgefallen. Einige Wochen früher hatte sie sie verachtet, weil sie daran erinnerten, daß die Reichen nicht in den Himmel kommen, weil sie einen angstvoll an alle Unglücklichen denken ließen, an die Schläfer in den Nachtasylen, an die armen Geschöpfe, die in den Abgrund der Welt gefallen sind und nackt bis zur Seele vor einem stehen. Jetzt aber liebte sie diese Dinge; der Luxus war ihres Königs würdig. Ihr selbst war es nicht darum zu tun, aber würde er sich nicht freuen, wenn er geruhte, ein paar Tage bei ihnen zu verbringen, nach Beendigung dieser Internatszeit, die so frugal und roh gewesen war, ja, würde er sich hier nicht glücklich fühlen? Man müßte ihm das Zimmer mit den Herbstblättern geben, das noch kostbarer ist als dieses hier, und er könnte in dem Viktoria ausfahren. Ach, wenn dies doch möglich wäre! Wenn dies doch Wirklichkeit würde!

Sie senkte den Kopf, sah auf ihren Brustansatz, betrachtete sich, wie sie da ausgestreckt lag in ihrem prachtvollen Kleid, bewunderte die Kleinheit ihrer anmutig gewölbten Füße. Und ist sie selbst nicht auch ihres Königs würdig? – Die Stunden der Nacht haben etwas Romantisches. Zwei Uhr nachmittags, das ist prosaisch, beinahe vulgär; aber zwei Uhr morgens, das ist ein Abenteurer, der sich ins Unbekannte vorwagt. Und dieses Unbekannte, das ist drei Uhr morgens, der Pol der Nacht, der geheimnisvolle Kontinent der Zeit.

Man geht auf die Reise; und wenn man jemals glaubt,

ihn durchquert zu haben, erliegt man einer Täuschung, denn es wird vier Uhr, ohne daß man das Geheimnis der Nacht überrascht hätte. Und die frühe Dämmerung zeichnet ihre blauen Streifen auf die Fensterläden.

In diesem Augenblick jedoch, als Fermina Márquez auf den Fliesen vor dem Besucherzimmer erschien, in Saint-Augustin, war es erst zwei Stunden her, daß sie sich von ihrem Bett erhoben hatte, und ihre schönen, niedergeschlagenen Augen schlossen sich vor dem zu hellen Glanz der Sonne. Ihr Gang aber war edler, siegreicher als je zuvor. Sie gab sich den Blicken preis, noch ehe die Schüler den Speisesaal verlassen hatten, eigens um Santos zu reizen, der in größter Hast sein Essen hinuntergewürgt hatte und nun verurteilt war, zitternd vor Ungeduld in seiner Bank auszuharren, bereit, aufzuspringen, sobald der Segen gesprochen war.

Wie glücklich war er in unseren Augen! Wir wußten, daß er ums rechte Handgelenk gerollt und unter der Manschette verborgen eine Schleife aus ihrem Haar trug, die sie ihm gegeben hatte. Darum drückten wir ihm nie die Hand, streiften nie seinen rechten Unterarm, ohne Hochachtung zu empfinden – dieses Band heiligte Santos.

Sie gingen auf der Terrasse spazieren. Sie gestattete ihm, in ihrer Gegenwart zu rauchen; der Duft seiner Zigaretten war so wohltuend, so stärkend! Sie sog ihn mit Entzücken ein. Sie hob die Augen zu ihm auf, mit einem Ausdruck von Ernst und Bewunderung. Sie war froh, etwas kleiner zu sein als er. Was auch immer er sagte, rührte sie an, beglückte sie, war eine Liebkosung.

Ein oder zwei Mal luden sie Demoisel ein, mit ihnen im Park zu vespern. Und wir anderen sahen sie auch, in der großen Allee; sie gingen vor der Gruppe einher, die Mama Dolores, Pilar und der kleine Márquez bildeten. Santos schritt zu Ferminas Linken, Demoisel zu ihrer Rechten. Der Neger hielt sich kerzengerade und trug den Kopf hoch; er wirkte sehr stolz und zugleich sehr eingeschüchtert. Von weitem sah man, wie sich das Weiße seiner Augen leuchtend in dem schwarzen Gesicht hin und herbewegte. Seine Haltung war untadelig. Auch er war Amerikaner.

19

Etwa zehn Tage vor der Verleihung der Preise wurde Joanny Léniot im Schulhof von Santos Iturria angesprochen:
»Mama Dolores hat dir etwas zu sagen, komm mit!«
Joanny folgte ihm. Die ganze Familie befand sich auf der Terrasse. Er gab allen die Hand. Mama Dolores erkundigte sich nach seiner Gesundheit und war überhaupt bezaubernd. Joanny hatte eigentlich die Absicht, diese Begegnung möglichst rasch hinter sich zu bringen. Vor allem fürchtete er, mit Fermina alleingelassen zu werden. Er war sich nicht mehr so sicher, ob er nicht vielleicht doch beim letzten Zusammensein lächerlich gewirkt habe, mit den Phrasen über sein Genie. Verstohlen blickte er sie an. Daß sie ihre Ideale von Demut und Frömmigkeit aufgegeben hatte, wunderte ihn nicht, es schien ihm natürlich; wir überleben unsere Gefühle wie wir die Jahreszeiten überleben. In ihrem schönen Körper gab es jetzt eine vom Mittelpunkt her allmächtig ausstrahlende Kraft, deren flüchtige Äußerungen ihre Gedanken, ihre Wünsche und Gefühle waren. Sie war schöner denn je und schien gewachsen zu sein. In ihrer Gegenwart fühlte er sich als Kind. Er war nicht dazu geschaffen, von ihr geliebt zu werden; er hätte sie nie lieben sollen.
Er wollte sich verabschieden. Doch er mußte noch die Dankesworte Mama Dolores' über sich ergehen lassen. »Herr Léniot, Sie haben sich meinem Neffen gegenüber so liebenswürdig erwiesen, daß ich Ihnen meine Dankbarkeit nicht allein in Worten ausdrücken

möchte. Bitte nehmen Sie dieses kleine Ding von uns an, und möchte es sie zuweilen an uns erinnern.« Sie hielt ihm ein Päckchen entgegen, eine in Seidenpapier gewickelte Schachtel. Joanny errötete. Schon wollte er, aus Stolz, ablehnen, da ging Fermina Márquez dicht an ihm vorbei und murmelte: »Nehmen Sie an!« Ihr gehorchte er, dankte mit ein paar Worten und ging davon.

Erst am Ende der abendlichen Arbeitsstunde entschloß er sich, die Schachtel zu öffnen. Es lag eine goldene Uhr darin, mit Kette, einer dicken, schweren Kette. Das Zifferblatt war aus Gold. Und der Deckel trug eingraviert seine Initialen J. L. Einen Augenblick lang empfand er einen freudigen Schreck. Die Uhr seines Vaters war um nichts schöner als diese hier. Auf dem Kästchen las er den Namen eines Juweliers aus der Rue de la Paix. Mama Dolores hatte sicherlich fünf- bis sechshundert Franken dafür bezahlen müssen. So freundschaftlich war ihm die Kreolin gesonnen? Warum hatte sie ihm dann nicht gesagt: auf Wiedersehen? Er dachte an ihre Worte: Sie haben sich meinem Neffen gegenüber so liebenswürdig erwiesen ... Das war es also. Aber dann, dachte Joanny plötzlich, dann haben sie mich ja bezahlt! Gewiß, das war es. Dieses Geschenk war nicht ein Zeichen der Zuneigung, wie man es einem Freund der Familie überreicht. Es war die Bezahlung für einen geleisteten Dienst; sie erfolgt am Schluß, in dem Augenblick, wo die Verbindung sich auflöst.

Sie haben mich bezahlt! Unter dieser Beleidigung brach Joanny zusammen. Sie haben mich bezahlt!

Seine Wangen hatten sich plötzlich gerötet, und die Röte blieb, schmerzlich wie ein Brandmal, der Spur einer Ohrfeige gleich. Sie haben mich bezahlt! Ja, sie wollten ihm nichts schuldig bleiben, sie hatten ihn ausgiebig entlohnt und dann entlassen. Oh, die Elenden! Oh, die Elenden! Und sie haben noch gelächelt, als sie meine Würde zertraten. So sind die Reichen: Sie bedienen sich ihres Geldes, um die zu verwunden, die sie verachten.

Mit trockenen, brennenden Augen beobachtete Joanny seine Kameraden. Er begriff, daß er sie verabscheute, weil sie reich waren. Das war ihm bisher noch nicht bewußt geworden. Jene zweihunderttausend Franken, die sein Vater jährlich in der Seidenbranche verdiente, gewannen ihm den Respekt und die Grüße der Leute im heimatlichen Stadtviertel und machten aus seinen Angehörigen die Potentaten ihres Dorfes im Departement der Loire. Sogar in Lyon war Herr Léniot senior ein hochgeachteter Mann, und Joanny hatte als einziger Sohn teil an dieser Achtung. Doch was bedeutete das schon, verglichen mit den Reichtümern all dieser Nabobssöhne, mit den Millionen dieser Südamerikaner, die von ihren Vätern auf eigenen Schiffen nach Europa geschickt wurden?

Sie haben mich bezahlt! Die Hände ans Pult geklammert, blickte Joanny blind vor Zorn in den Klassenraum. Wie sie da alle friedlich über ihre Hefte gebeugt saßen, diese Königssöhne! Sie haben mich bezahlt! Das war der Gipfel der Beleidigung. Das war die höchste Schmach, die einem angetan werden konnte. Wenn die Armen dir einen Schlag versetzen, so kostet es sie wenigstens eine Anstrengung, eine Grimasse. Die Reichen aber bleiben sitzen, sprechen freundlich mit dir und töten dich. Alle Eltern seiner Kameraden hätten ebenso gehandelt. Ich bin für die da ein Bettler, sie finden mich verächtlich. Sie wagen es, mich zu verachten, mich, der geistig so turmhoch über ihnen steht.

Sie haben mich bezahlt! ... Joanny fiel eine Geschichte aus seiner Kindheit ein. Seine Eltern hatten eines Tages zu einem Arbeiter gesagt: »Bringen Sie doch Ihren Sohn mit, den Nachmittag über könnte er Herrn Joanny Gesellschaft leisten.« Nach einer Woche schickte man den Jungen zurück, weil er Herrn Joanny bereits schmutzige Wörter beigebracht hatte. Und man gab dem Arbeiter ein Geschenk, um *die Leihgebühr für den kleinen Lausbuben zu bezahlen,* wie Herr Léniot senior es nannte. Joanny bat um die Erlaubnis, das Zimmer zu verlassen. In der geschlossenen Faust hielt er Uhr und Kette.

Am Ende eines Ganges, neben den Arrestzellen, gab es einen unbenutzten Klassenraum. Die Tür war fest versperrt, und das Fenster, das auf einen kleinen Hof zwischen dem Hauptgebäude und der Reithalle führte, hatte man mit Brettern vernagelt; höher oben bedeckte ein geteertes Papier ein einzelnes Geviert. Die Schüler hatten sich ein Vergnügen daraus gemacht, dieses Papier mit Steinen einzuwerfen. Es hörte sich so schön an, wie die Geschosse widerhallten, wenn sie im Unbekannten niederfielen, auf diesen nie gesehenen Fußboden (oder die Bänke?). Auch entledigte man sich auf diesem Wege der Gegenstände, die man nicht mehr brauchen konnte: Federhalter, zerbrochene Lineale, alte Bürsten und Seifennäpfe. Die phantasievollsten unter den Kindern, wie etwa der kleine Camille Moutier, stellten sich nicht ohne einen gewissen Schauder den Anblick dieses toten Zimmers vor. Und die Nachbarschaft der Arrestzellen, in die man nur in schwersten Fällen eingesperrt wurde, ließen den Raum noch verzauberter erscheinen – furchtbaren Göttern geweiht.

Léniot lehnte sich an die Mauer der Reithalle, zielte genau, und mit einer heftigen Bewegung ließ er Uhr und Kette durch das zerplatzte Papier fliegen. Er vernahm zwei Geräusche: Die Uhr mußte zuerst die Wand getroffen haben, am Ende des Raumes, und dann auf das Parkett niedergefallen sein. – Erleichtert kehrte er in seine Klasse zurück.

Beim Erwachen am nächsten Morgen kam ihm ein Gedanke: Würde Mama Dolores sich nicht wundern, wenn sie keinen Dankesbrief von seinen Eltern für das Geschenk erhielt, das dem Sohn zuteil geworden war? Denn selbstverständlich würde er nie mit seinen Eltern von dieser Episode sprechen. Und schon glaubte er, Mama Dolores zu ihrer Nichte sagen zu hören: »Diese Léniots haben mir nicht eine Zeile geschrieben, um sich zu bedanken; solche Leute haben eben keine Lebensart.« Und ihre Nichte würde sich an das erinnern, was Joanny Léniot vor ihr geäußert hatte: Kaufleute, Finanzmänner, alle möglichen vulgären Leute.

Und am Tage der Preisverteilung (denn zweifellos würden sie kommen) mußte es ihnen wohl merkwürdig vorkommen, die schwere, schöne Uhrkette nicht an seiner Weste zu erblicken. Und wenn seine Eltern ebenfalls aus Lyon kamen, um Zeugen seines Schülertriumphes zu sein, würden sie wohl kaum die Familie Márquez grüßen, die er nie in einem Brief erwähnt hatte. Ach, zu welcher Ungeschicklichkeit hatte ihn sein Stolz da verleitet! Das war ja fast ein Diebstahl! Gewiß, wir haben das Recht, uns der Dinge, die man uns schenkt, auf unsere Weise zu erfreuen, aber wir haben nicht das Recht, sie zu zerstören; damit tut man dem Geber eine wirkliche Kränkung an. Er hätte lieber ablehnen sollen.

Und doch, nein! Es wäre am besten gewesen, das Schmuckstück zu behalten. Dann hätte er wenigstens eine greifbare Erinnerung an Fermina Márquez. Übrigens war die Uhr ja nicht verloren. Wenn der Studienpräfekt erfuhr, daß sich ein derartiger Wertgegenstand in dem Zimmer befand, würde er nicht zögern, die Tür aufbrechen zu lassen. Doch dann müßte Joanny ihm die Wahrheit gestehen. Und das würde er niemals wagen.

Er hatte mit den Márquez gebrochen. Er würde sie nie mehr wiedersehen. Um so besser. Ihm kam es nicht darauf an, sich Verbindungen zu schaffen, wie Julien Morot. Und was sie, Fermina, betraf, nun schön, was denn? Es war eben aus. Er hatte sich dumm und lächerlich vor ihr benommen. Besser also, sie nicht mehr zu sehen, damit sie ihm nicht ins Gedächtnis rufen konnte, daß es einen Augenblick in seinem Leben gegeben hatte, in dem er dumm und lächerlich gewesen war. Denn das war er gewesen, daran gab es

nichts zu rütteln. Er errötete noch nachträglich. Ach, dieser Verführungsplan und all diese kindlichen Reden!
Tagelang blieb er so auf dem Boden des Abgrunds, eingesunken in die Fiebersümpfe der Selbstverachtung. Aber ein Gedanke zog ihn wieder daraus hervor: Ich, Léniot, der ich so viele Gründe habe, stolz auf mich zu sein, bin erfüllt von Ekel vor mir selbst. Er bewunderte seine Bescheidenheit und den Gegensatz zwischen dem unleugbaren Glück seines Schicksals und der Melancholie seines Gemüts. Er verglich sich mit einem König, der, ruhmbedeckt, am Leben krankt. In einer Woche wurden die Preise vergeben, der schöne Tag des Triumphes nahte, in Purpur und Gold. Der Beifallslärm, mit dem sein Name zwanzigmal verlesen werden mußte, war ohrenbetäubend. Und all dem zum Trotz würde er einen düsteren Geist, finstere Gedanken bis auf die Estrade empor mit sich tragen. Wirklich, dieser Gedanke war auch sehr angenehm, er stellte seine Selbstzufriedenheit wieder her.
Ohne Lektionen, die gelernt werden müßten, ohne Aufgaben, ohne Strafen, die zu befürchten wären, lagen die letzten Tage des Schuljahrs vor ihm. Es sind dies so schöne Tage, daß man sich später nicht mehr erinnern kann, wie man sie zugebracht hat. Sie waren, so scheint es mir jetzt, wie große leere Säle voll Sonnenglanz; ja, dank dieser Befreiung von jeglichen Aufgaben, jeglicher Nötigung, zu lernen und zu studieren, glichen sie Festsälen, aus denen man die Möbel geräumt hat, damit man darin tanzen kann. Es war die

Zeit, in der ich das vergangene Jahr noch einmal vorüberziehen ließ und mich beglückwünschte, ohne jede Strafe davongekommen zu sein; denn auch ich war ein guter Schüler. Und ich war froh, weil ich den Großen Preis meiner Klasse erhalten sollte – wie man einen herrlichen Barren reinen Goldes erhält. Er war ein wichtiger Markstein im Leben, dieser Große Preis; er gab einem die Sicherheit, daß man sich hervorragend bewährt hatte, sein Besitz ließ es überflüssig erscheinen, noch höher hinauszuwollen – man war an der Spitze. Welcher Gedanke, nie mehr den Großen Preis zu erhalten!

Joanny war bereits zu erwachsen, um die Romane der Reihe *Das Internatsleben in den verschiedenen Ländern* wiederzulesen, doch war er sich darüber klar, daß man diese letzten Tage nutzbringend verwenden konnte, indem man aufmerksam *Die antike Stadt* von Fustel de Coulanges las, oder auch das Meisterwerk von Gaston Boissier, *Cicero und seine Freunde*. Außerdem blätterte er in seinen Heften mit den Korrekturen von der Hand der Lehrer. Jede Aufgabe und jeder Aufsatz war die Erinnerung an einen Sieg. In eines dieser Hefte hatte er auf einem Schutzblatt zwei Buchstaben niedergeschrieben: F. M. und darunter ein Datum. Das Datum jenes berühmten Krawall-Abends, an dem er den Entschluß gefaßt hatte, ein gewisses junges Mädchen zu verführen. Er überlegte einen Augenblick. Dann schrieb er mit erschreckendem Ernst über die Initialen und das Datum folgenden Satz aus Caesars *Gallischem Krieg:* »Hoc unum ad pristinam fortunam Caesari defuit.«

20

Seitdem ich Saint-Augustin verließ, unter dem Arm meinen letzten Großen Preis, habe ich unserem guten alten Internat zwei Besuche abgestattet. Der erste Besuch ereignete sich im Frühling 1902, mehrere Jahre nach der endgültigen Schließung der Schule; und der zweite erst kürzlich, als ich einen großen Teil dieser Geschichte schon niedergeschrieben hatte. Saint-Augustin stand unter Verschluß und Siegel, aus welchem Grunde weiß ich nicht, jedenfalls erhielt man nur mit einer besonderen Erlaubnis der Verwaltungsbehörde Zugang.

»Es lohnt sich erst gar nicht, um diese Erlaubnis einzukommen«, erklärte mir der Wächter hinter einem engen Schalter, den man im Eingangstor angebracht hatte, »kein Mensch bekommt sie.«

Ich mußte mich also damit begnügen, die Umfassungsmauern zu betrachten, und von der Plattform der Straßenbahn, die nach Bagneux fährt, die Wipfel der Parkbäume. Ein paar Minuten später stand ich auf dem Platz des Théâtre-Français, der fast leer war, wie stets am Sonntagmorgen. Dieser Besuch hatte kaum eine Stunde gekostet. Wie nah sind meine Kindheit und Jugend, die mir doch so ferngerückt erscheinen, dem Platz des Théâtre Français, wo ich tagtäglich vorüberkomme.

Aber ich will hier ausführlicher von jenem ersten Besuch aus dem Jahre 1902 erzählen.

Zunächst schien alles unverändert. Der Eingang, das war noch immer dieses nackte Vestibül mit einem großen schwarzen Kreuz an der gelblichen Wand. Und rechts lag die Loge des Concierge mit dem Schalter und weiter oben einem Gitter. Und in der Loge saß derselbe Concierge wie zu unserer Zeit; etwas gealtert, sein Zwickelbart war weiß geworden, das ließ sich freilich nicht übersehen, und seine Orden verteilten sich nicht mehr über den Dolman der Livree – blau mit Silberknöpfen –, sondern steckten zusammen in einer einzigen, ungeheuren Rosette, die aus dem Knopfloch einer recht banalen Jacke hervorblühte. Gewiß sehnte er sich nach der kostbaren, sauberen Livree von Saint-Augustin.

Fast sofort erkannte er mich und grüßte mit einem spanischen Fluch.

»Verzeihung, Monsieur! Aber ich freue mich immer so, wenn ich einen von meinen alten Schülern wiedersehe. Und Sie sind ja alle ein wenig auch meine Schüler, ich habe euch in die Schule genommen und aufgezogen. Sie waren so winzig, wenn man Sie hierher zu uns schickte. Bei Ihnen etwa und den anderen Franzosen mochte es noch hingehen; doch ich kann die Amerikaner nicht verstehen, die ihre Kinder in so zartem Alter fortgaben, und dann lag die halbe Welt zwischen ihnen. Diese armen, verlassenen Kleinen! Ich war im Krieg, Monsieur, ich bin ein abgehärteter Mann; nun, ich habe des öfteren geweint, ja, geweint, wenn ich sah, wie sie sich hier nicht einleben konnten. Und dann noch diejenigen, die hier starben. Die Neger, Sie wissen schon. Hier im Krankenrevier sind mehr gestorben, als man Ihnen je zugegeben hätte. Die Eltern haben sie abgeholt, so wurde es dann erklärt.

Ja, in einem Sarg haben die Eltern sie abgeholt ... Jener kleine arme Kerl, der so fleißig arbeitete, der so sanft war, Delavache aus Haiti, nun ja, er ist in meinen Armen gestorben, da oben, das ist die ganze Wahrheit. Ach, wenn ich daran nur denke ...!
Unter so einer Menge, da gab es sicherlich manche, die nicht viel taugten, Schlingel, die Dinge taten, die sich einfach nicht gehören. Aber die Menschen aus diesen tropischen Ländern, die sind wie die Eingeborenen in den Kolonien; frühreif, zu heißes Blut. Ach was, die meisten waren gesund und gutartig, wahre Herren, die den lieben Gott ehrten und nichts fürchteten. Ja, das war wohl eine schöne Generation, mehr kann ich nicht sagen.
Kommen Sie, wir wollen uns auf die Terrasse vor dem Besucherzimmer setzen. Ich habe dort eine Bank aufgestellt, und da rauche ich meine Pfeife nach dem Mittagessen. Sie haben doch Zeit, nicht wahr?
Als das Internat verkauft wurde, brauchte man jemanden, die Gebäude und den Park zu bewachen; man hat mich zum Wächter ernannt, mit einem winzigen Gehalt. Ich hätte leicht eine vorteilhaftere Stellung finden können. Aber ich habe kaum mehr Bekannte. Und an diesen Ort bin ich gewöhnt. Ich liebe die freie Luft, in den engen Pariser Wohnungen könnte ich mich nicht zurechtfinden. Stellen Sie sich vor, daß ich den ganzen Park zur Verfügung habe, wenn ich spazierengehe ...
Und Sie also, Sie haben sich gedacht: Warum soll ich nicht einmal einen Ausflug nach Saint-Augustin machen? Das ist reizend von Ihnen. Ich dachte mir

schon, daß Sie eines Tages zurückkommen würden. Ich sehe viele wieder von den alten Schülern. Für jeden, der in Paris wohnt, ist es eine Kleinigkeit, herauszukommen. Dadurch höre ich dann auch etwas von den anderen. Viele sind gestorben, Monsieur, viele sind tot. Sehen Sie, es gab manche darunter, die waren zu reich. Das war ihr Verderben. Kaum losgelassen, haben sie Hochzeit gefeiert. Diese schmutzigen Frauen sind zu allem fähig. Man braucht ja nur zu sehen, woher sie kommen; ach, gehen Sie doch, eine Heringstonne stinkt immer nach Fisch! Die einen haben alles im Spiel verloren, oder auch an der Börse, und haben sich umgebracht. Die anderen haben sich zu Tode geliebt. Ganz einfach. Was wollen Sie? Mein Gott, ihre Schuld! Wie man sich bettet, so liegt man. Betrüblich ist der Tod dieses armen jungen Menschen, der so intelligent war, Léniot hieß er, Léniot (Joanny). Haben Sie nichts davon gehört? Ich weiß es von seinem bedauernswerten Vater, der es mir weinend mitteilte, hier, an diesem Platz. Hören Sie, er ist in der Kaserne gestorben, vier Monate nachdem man ihn eingezogen hatte, an einer Epidemie. Diese Garnisonen im Osten sind hart für die Rekruten, vor allem die Kasematten. Wie auch immer, er ist also tot. Ein Junge, der so vielversprechend beginnen durfte. Er hatte, soviel ich weiß, bereits zwei Universitätsdiplome und einen Preis der juristischen Fakultät in Paris gewonnen und war noch keine einundzwanzig Jahre alt.

Auch von Amerika kommt mir manchmal einer herüber. Sie verbringen dann ein Jahr hier bei uns und überhaupt in Europa. So hält sich zum Beispiel Herr Marti Junior gerade in Paris auf. Er hat mich vor zwei, drei Wochen besucht. Auch Herrn Montemayor aus Valparaiso habe ich gesehen; das muß etwa ein Jahr her sein. Er brachte einen seiner Brüder mit, den ich nicht kannte, er ist hier nicht erzogen worden ... Seltsam ist das mit diesen Amerikanern: Von zwei Brüdern – diese Beobachtung habe ich oft gemacht – von zwei Brüdern ist der ältere immer, wie soll ich sagen, europäischer; er hat eine weiße und rosige Haut, braunes Haar, und manchmal auch blaue Augen, kurzum, man könnte schwören, ein Franzose. Der jüngere dagegen ist dunkelbraun, mit tiefschwarzem Haar. Also ein richtiger Indianer. Sehen Sie, wie die beiden Iturria. Können Sie sich an sie erinnern? Übrigens, da wir gerade davon sprechen, er war auch hier, Herr Iturria senior. Santos, so nannten Sie ihn ja wohl alle. Er war hier vor, warten Sie, vor zwei Jahren, 1900, natürlich, im Jahr der großen Ausstellung. Er hat sogar zwei ganze Nachmittage mit mir hier draußen zugebracht. Das erste Mal brachte er seine Frau mit. Eine schöne Person war das, die er geheiratet hat, der Herr Iturria (Santos); blond, eine Deutsche, glaube ich. Die beiden Iturria haben nämlich in Deutschland studiert, nachdem sie Saint-Augustin verlassen hatten ... Eine schöne Person, verflixt nochmal! Und beide zusammen – ein schönes Paar! ... Er hat mir erzählt, sein Vater sei Kriegsminister in ihrem Land geworden, in Mexiko. Das wundert mich nicht, es waren feine Leute, diese Iturria, und gescheit! Solche Männer könnten wir heutzutage in

Frankreich brauchen. Nicht, daß es keine gäbe. Aber der Verdienst gilt nicht mehr viel, im Augenblick zählt nur das Geld. Also, ob Sie nun anständig sind, ob Sie nicht anständig sind, sowie Sie es zu klingender Münze gebracht haben ... Was man hier lernte, in Saint-Augustin, das war gerade das Gegenteil: kein Aufhebens machen vom Geld. Für uns war Geld nur ein Mittel, jemanden etwas Rechtes werden zu lassen. Darum hat man Sie hier streng erzogen. Sogar etwas zu streng; in den Park hätte man Sie ruhig frei hineinlaufen lassen sollen. Es ist ja wahr, Sie scheuten sich nicht, dort heimlich Ihre Zigaretten zu rauchen, Sie und Ihre Bande von verflixten Halsabschneidern! ... Immerhin, sehen Sie, wenn man es genau bedenkt, es gibt nichts Besseres als die Disziplin, um Menschen heranzubilden, aber echte Menschen, wie die aus meiner Zeit. All diese Spießer von heute sehen so aus wie Arbeiter, die das große Los gewonnen haben und nun an nichts anderes mehr denken, als wie sie es sich gemütlich machen können ...«
Ich hörte dem Ehrenmann etwas zerstreut zu. Ich betrachtete den Schulhof vor unseren Augen. Er war nur mehr ein Feld hoher Gräser, die ihre langen leichten Spitzen im Wind hin und herbewegten. Schmale Halme waren zwischen den Steinen emporgewachsen, den hübschen Steinen aus dem Tal der Seine, mit ihrem Glanz und den reizvollen farbigen Adern. Jenseits der Park zog meinen Blick an; sicherlich hatte dort die Natur das alte Bild verwischt, aber bis zu welchem Punkt? Ich hätte mir das gerne angesehen, unverzüglich.

»Kommen Sie, Monsieur, ich sehe, daß ich Sie nun genug mit meinem Geschwätz gelangweilt habe. Sehen Sie es sich an, ich lasse Sie allein, das ist besser, ich würde Sie doch nur stören. Es ist alles offen, Sie können so lange darinbleiben, wie Sie wollen. Wenn Sie wieder herauskommen, bin ich in meiner Loge.«
Die gefühlvolle Art des alten Soldaten war mir angenehm. Er verstand, was ein Besuch im Internat für einen *seiner* ehemaligen Schüler bedeutete. Und der elegische Ton in seiner Rede war ein klein wenig aufgesetzt. Vor allem besunderte ich den Takt, der in seinem Satz zum Ausdruck kam: Ich würde Sie doch nur stören.
Und wirklich, ich wußte nicht, wo ich meinen Rundgang beginnen sollte. So habe ich alles durcheinander gesehen, ohne Methode, indem ich immer wieder umkehrte. Die Fliesen der Freitreppe zur Terrasse klafften auseinander. Die Äste und Zweige der großen Bäume, seit Jahren nicht mehr beschnitten, hatten nach allen Seiten ausgeschlagen. Rispengras überwucherte die Alleen. Vor dem Sprechzimmer wand sich blühender Portulak zwischen den Pflastersteinen, er hatte sich aus den großen Töpfen befreit, in die man ihn einst pflanzte.
Ich habe mich auf meinen alten Platz im Arbeitsraum gesetzt. Was ist die Zeit für ein phantastisches Ding! Nichts hat sich verändert; etwas mehr Staub liegt auf den Pulten, das ist alles. Und da sitze ich und bin ein Mann geworden. Wenn ich nun, das Ohr lauschend der Stille zugeneigt, plötzlich jenseits der verstrichenen Jahre ein fernes Raunen unterscheiden könnte,

und Stimmen und Schritte ... Und wenn alle Schüler aus meiner Zeit plötzlich in diesen Arbeitsraum kämen, und ich, vom Lärm erwachend, mich vor meinen Büchern und Schulheften wiederfände ... Viele sind gestorben, mein Herr, viele sind tot.
Ich kehre in den Park zurück, in die Sonne. Es ist den Dorfkindern gelungen, ein paar Fenster der Kapelle mit Steinen zu zerbrechen. Der Pavillon, in dem der Studienpräfekt wohnte, wirkt recht verfallen. An der Statue des heiligen Augustinus auf der Terrasse ist beinahe alles Gold abgeblättert. Ich habe ziemlich lange gebraucht, bis ich den Platz fand, wo man Tennis spielte, zu Fermina Márquez' Zeiten – ein Dickicht war zu durchqueren, das es damals ganz gewiß noch nicht gegeben hatte. Und da überraschte ich mich dabei, wie ich laut vor mich hinsprach: »Und Fermina Márquez?« Ja, was ist aus ihr geworden? Ich nehme an, sie ist jetzt verheiratet. Und in meinen Gedanken wünsche ich, sie möchte glücklich sein.

. . . .

Wieder bin ich auf der Terrasse. Dort hinten, das ist Paris, dort werde ich bald wieder sein, und es ist diesem allen hier so fern. Über mir lassen die Vögel ihre unschuldigen Stimmen hören; gleichgültig gegen den Wechsel der Regierungen, feiern sie von Sommer zu Sommer den Ruhm des französischen Königreichs, und vielleicht rühmen sie auch, wie der Concierge, die Erziehung, die man einst im Internat Saint-Augustin erhielt.

Über dem Sprechzimmer – dieser Teil der Gebäude stammt aus dem Rokoko – sehe ich ein rundes Fenster, die reichen Verzierungen alle vom Regen beschmutzt. Die Scheibe ist zerstört, der Rahmen herausgerissen, so bleibt es der Sonne des heutigen Tages und dem blauen Himmel offen, diesem Pariser Himmel, der so geschäftig ist mit seinen Nebelstreifen, Rauchschwaden, Lichtkreisen und den Ballons an den Sonntagen. Das Bullauge spiegelt nichts mehr wider! Das erloschene Bullauge inmitten der leeren Dachgiebel und Firste, um deren Erhaltung sich niemand mehr kümmert.

Was fehlt noch zur Abrundung des Bildes? Ach ja, die Marmortafel an der Mauer des Ehrenhofs, mit den Namen der

FÜR DIE HEIMAT UND DIE ALTÄRE

GEFALLENEN SCHÜLER

ist zerbrochen.

Nachwort
von Nino Erné

Als das Buch *Fermina Márquez* zum ersten Mal erschien, verfielen die Leser einem ähnlichen Entzücken wie die Schüler des Internats Saint-Augustin bei der Erscheinung des fremden Mädchens mit diesem wohlklingenden Namen. Es war von Anfang an Valery Larbauds Publikumsliebling und ist es geblieben, und auch er selbst hat sich bis zuletzt eine erinnerungssüchtige Vorliebe dafür bewahrt. Nach der Veröffentlichung in der damals noch jungen Zeitschrift *Nouvelle Revue Française* vom März bis Juni 1910, wurde es im folgenden Jahr vom Verleger Fasquelle in die populäre *Bibliothèque Charpentier* aufgenommen, erlebte in den zwanziger Jahren noch verschiedene Ausgaben und Auflagen und fand schließlich 1950, zusammen mit den Kindergeschichten *Enfantines,* eingeführt und kommentiert von Larbauds Freund und Biographen G. Jean-Aubry, im zweiten Band der *Œuvres complètes* bei Gallimard seine offizielle und endgültige Gestalt. Aber zur selben Zeit, in den fünfziger Jahren, konnte man dieses Frühwerk in der handlichen, ungemein billigen *Collection pourpre* desselben Verlags kaufen, und als ich vor ein paar Monaten in der Buchhandlung eines bretonischen Badeortes nach Larbaud fragte, gab es, wie üblich, nichts von diesem großen Kaumbekannten – außer der inzwischen fast siebzig Jahre alten *Fermina Márquez* in einer neuen Taschenbuchausgabe. Ja, man hat dieses zierliche Stück Prosa von nicht mehr als 149 Seiten auch einmal in eine »Bestenliste« der ersten Jahrhunderthälfte aufgenommen, aus der die Buchreihe *Collection des meilleurs romans du demi-siècle* hervorging. Larbaud, der damals, 1951, schon fast ganz gelähmt war, wird dazu auf seine höflich-ironische Art mit den Augen gelächelt haben.

Denn er nannte *Fermina Márquez* ebensowenig wie irgendein anderes seiner Bücher einen »Roman«, und das nicht nur aus Bescheidenheit. Er hielt wenig vom Roman, was seine eigene Arbeit und die der Zeitgenossen betraf. Im *Journal 1912-1935*, das im Sommer 1955 erschien, findet man unter dem Datum 12. März 1935 folgende Bemerkung, die er also noch zuletzt, zwei Jahre vor seinem Tod, gutgeheißen, zumindest nicht gestrichen hat: »Die Überschwemmung der Schaufenster mit ganz neuen Romanen und die der Ramschkästen mit Romanen aus den letzten zehn bis fünfzehn Jahren schenken dem homme de lettres, der sich nicht auf diesem Gebiet spezialisiert hat, ein tröstliches Schauspiel und ein gutes Gewissen. Hätte er doch auch, von Kritikern und Verlegern ermutigt, ja gedrängt, in diese Art von Prostitution hineintappen können oder gleich ganz ins Lesefutter. Ihn bewahrte davor, daß er nur seinem Vergnügen nachging. Man hatte gut reden und ihm Balzac, Dickens, Fontanes, Perez Galdós usw. vorhalten, er wußte instinktiv, daß sich dergleichen nicht wiederholt, daß es einer eigenen Zeit, einem Jahrhundert angehört, welches davon denn auch für immer geziert und ruhmvoll erleuchtet worden ist; aber wozu im nächsten Jahrhundert noch einmal damit von vorn anfangen?«

Vielleicht gerade weil, nach einem spöttischen Ausspruch, jeder Franzose, der die école normale absolviert hat, einen ordentlichen Roman schreiben kann, spürt man bei den anspruchsvolleren, meinetwegen den »elitären« und etwas hochmütigen Geistern des modernen Frankreich eine Aversion oder doch humoristische Verachtung gegenüber dieser so ungemein beliebten und erfolgreichen Gattung. André Gide etwa hatte schon den *Immoralisten, Die Verliese des Vatikan, Die Pastoralsymphonie* und *Die enge Pforte* vorgelegt, als er, im Alter von bald sechzig Jahren, *Die Falschmünzer* seinen »ersten Roman« nannte. Und ein Hauptthema jenes Buches ist ja gerade die Kritik am Roman, die Infragestellung des Romans. Gide, der seine Ansichten freilich gern überspitzte, hat sogar einmal behauptet, es gäbe nur zwei wirklich große französische Romane, *Die gefährlichen Liebschaften* von Choderlos de Laclos und Stendhals *Kartause von Parma.*

Paul Valéry interessierte sich noch weniger, nämlich überhaupt nicht für die Form des Romans. Von ihm stammt der – aus dem Gedächtnis zitierte – Ausspruch, er könne sich nun einmal nicht dazu durchringen, einen Satz niederzuschreiben wie: »Die Marquise bestellte ihren Wagen und verließ das Haus um fünf Uhr.« Ob er dabei vielleicht sogar an den subtilsten Schilderer der französischen Aristokratie gedacht hat, Marcel Proust? Daß Valéry nicht einmal ihm viel abgewinnen konnte, läßt sich aus der kühl-gezwungenen Huldigung nach Prousts Tod schließen. Wobei noch zu sagen wäre, und vielleicht hätte Gide, darüber befragt, so argumentiert: daß entweder *Auf der Suche nach der verlorenen Zeit* überhaupt kein Roman ist, oder aber nichts von dem, was das so fruchtbare vorige Jahrhundert hervorgebracht hatte, als Roman gelten sollte, sondern *nur* dieses einzigartige Gebilde, dieses Meer, diese Kathedrale, dieser blühende Urwald aus weitestverzweigter Prosa. Und vielleicht noch der *Ulysses* von Joyce.

Für den hat Larbaud sich früher, besser und wirksamer eingesetzt als die später so üppig heranwachsende modische Schar von »Joyce-Fans«. Aber weder bei ihm, noch bei Svevo oder dem jungen Faulkner, der gerade *As I lay dying* geschrieben hatte, dachte Larbaud an den Begriff »Roman«. Immerhin hat er sich selbst ein paarmal darin versucht, den Plan jedoch bezeichnender Weise immer wieder aufgegeben. Übrig blieben davon einmal das Fragment *Die blauweiße Närrin,* zum anderen ein paar Notizen, Absätze, halbe Seiten – und ein Musterbeispiel larbaudscher Essayistik, in dem er von einem ungeschriebenen, begonnenen, nie vollendbaren Roman berichtet: *Sa moitié d'orange* (»Seine Orangenhälfte«). Als er im Alter oder vielmehr in der Jugend von 24 Jahren daran gegangen war, die Geschichte um Fermina Márquez aufzuschreiben, seinen ersten »Romanversuch«, hatten ihn noch nicht allzu viele Skrupel geplagt; möglicherweise kamen die im Verlauf der Arbeit, die zuletzt etwas abgebrochen wirkt, auch wenn dann doch noch ein Erinnerungsakkord sie harmonisch beendet. Worauf es dem Autor bei dieser Erzählung ankam, war wohl auch eine Art Suche nach verlorener Zeit, die

Wiedergewinnung jener Jahre, die er selbst für seine besten hielt, seine glücklichsten. Ganz gewiß waren sie für die Entwicklung seines Geistes und Charakters, seiner Sinne, seiner Seele wenn nicht »entscheidend«, so doch wichtiger und einflußreicher als die übrige in Schulen verbrachte Zeit. Trotzdem bleibt es schwer zu beantworten, wieweit *Fermina Márquez* autobiographisch gedeutet werden darf. So einfach jedenfalls, wie manche Kritiker meinten, geht die Gleichung nicht auf: daß man sagen könnte, dieser Joanny Léniot, der ewige Primus, sei der junge Valery Larbaud, schon damals fasziniert vom Typus des Cäsar, den er dann später in einem Hotelzimmer zu Neapel, in der Monolognovelle *Heimlichste Beratung*, ausgiebig studiert hat. Da man Larbaud nicht mehr danach fragen kann, sucht man Hinweise in der Biographie, und da kommt einem die Tatsache zu Hilfe, daß der Schüler Larbaud (Valery) von 1891-1894, also von seinem zehnten bis zum dreizehnten Lebensjahr das exclusive Internat Sainte-Barbe-des-Champs in Fontenay-aux-Roses, nicht weit von Paris, besuchte, das in seinem Erinnerungsbuch als Saint-Augustin wiederkehrt. Es ist also vielleicht erlaubt, den Erzähler – der sich im Text anonym unter das »wir« der Schüler mischt – auch in dem dreizehnjährigen Camille Moutier zu suchen. Ich halte das kurze Kapitel, in dem Camille an der Seite eines gelangweilten Jurastudenten durch Paris geht und seine Entdeckung der allesverzehrenden Liebe im Namen Fermina zusammenfaßt, für eine oder gar die autobiographische Kernszene des Buches, und finde meine Vermutung durch ein sehr viel späteres Gedicht, aus dem Jahr 1922, bestätigt, das *La Rue Soufflot* heißt und mit den Versen schließt:

Avec l'étonnement des douze ans et de la rencontre,
Qui nous fait murmurer encore dans la foule:
»Porque sabes que siempre te ho querido . . .«
Et un passant qui m'a entendu, se retourne.

Mit dem Erstaunen des Zwölfjährigen und jener
Begegnung,
Die uns noch heute in der Menge murmeln läßt:
»Porque sabes que siempre te ho querido . . .«
Und ein Passant, der mich gehört hat, dreht sich um.

Es ist ja kein Zufall, daß diese Liebeserklärung spanisch gemurmelt wird. Spanisch war die königliche, die heilige Sprache unter den Schülern von Saint-Augustin, von Sainte-Barbe-des-Champs. Die Liebe zu Fermina ist nur ein Hauptthema: als zweites spielt durch das ganze Buch hin die stolze Bewunderung für die »Großen«, die ein empfindsamer Quintaner durchmachen muß wie die Masern oder eine andere Kinderkrankheit. Hier nun gar sind es »Enkel der Konquistadoren«, junge Herren aus Südamerika mit klingenden Namen; dergleichen vergißt man nicht. Von den Schülern des Internats ist natürlich nicht der von seinem Autor mit Lust unsympathisch gezeichnete, bemitleidenswerte Streber Joanny würdig, Herz zu gewinnen, sondern nur der Kühnste, Edelste, der wahre Hidalgo Santos Iturria.
Valery Larbauds kosmopolitische Bildung, die zu ei-

ner Grundhaltung für sein ganzes Leben wurde, die Liebe zumal zu spanischer Sprache und spanischen Menschen, das alles hat seine Wurzeln in dieser Schülergemeinschaft. Und es ist ebensowenig wie die erwähnte spanische Gedichtzeile ein Zufall, daß der junge Autor einem südamerikanischen Multimillionär seine frühen Verse und Tagebücher unterschob, dem erstaunlichen Jüngling A. O. Barnabooth, der am Ende nicht mit englischem th zu sprechen ist, sondern einem weichen s ...

Wie hat Larbaud mit den Namen gespielt und experimentiert! Als wären es Klänge und Farbtönungen, gemischt aus Phantasie und Wirklichkeit. Fermina Márquez etwa schwingt dahin im Rhythmus der Schlußzeile sapphischer Strophen. Ursprünglich hieß sie ganz anders: Conchita sollte das Mädchen genannt werden, als Larbaud im Sommer 1905 mit der Arbeit begann. Das Manuskript nahm er dann nach Spanien mit, Valencia, setzte die Niederschrift im folgenden Sommer zu Hause in Valbois bei Vichy fort und dann, wiederum den Winter hindurch, in Montpellier, einer Stadt in Südfrankreich, die er sehr geliebt hat und die später zum Schauplatz seiner zweiten großen Monolognovelle *Glückliche Liebende* geworden ist.

Im selben Jahr 1908, in dem die Gedichte des reichen Dilettanten Barnabooth erschienen, die *Poèmes d'un riche amateur,* entstand die letzte Abschrift dieses Prosatextes, der jedoch immer noch nicht den endgültigen Titel gefunden hatte. Über der Titelseite eines erhaltenen Manuskripts, das nicht genau zu datieren ist, steht: *Portraits de La Encarnita et de ses admira-*

teurs, was an eine der frühesten Kindergeschichten Larbauds erinnert: *Portrait d'Eliane à quatorze ans.* Der Name Fermina war freilich schon in Larbauds Bewußtsein und, was wichtiger ist, in seinem Gefühl, und der stieg nun an die Oberfläche des Augenblicks. Fermina Bosque de Flores hieß eine Dame, die er drei Jahre zuvor in Madrid kennengelernt und heimlich, aus ergebener Distanz, verehrt hatte. Sie ist dann etwa zu der Zeit gestorben, als Fermina Márquez ihr langes Leben begann.

Wie sich des jungen Mannes verwirklichte Liebesgeschichten und wie sich seine Werke entwickelt haben, braucht nicht weiter ausgeführt zu werden. Ich verweise auf die drei hier schon erwähnten Novellen und den Essay über Larbaud im Band 568 der Bibliothek Suhrkamp: *Glückliche Liebende.*

Bibliothek Suhrkamp

Verzeichnis der letzten Nummern

Bibliothek Suhrkamp

Alphabetisches Verzeichnis